Reencuentro inesperado
CHARLENE SANDS

HARLEQUIN™

Editado por HARLEQUIN IBÉRICA, S.A.
Núñez de Balboa, 56
28001 Madrid

I.S.B.N.: 978-84-687-2441-6
Depósito legal: M-39013-2012
Editor responsable: Luis Pugni
Fotomecánica: M.T. Color & Diseño, S.L. Las Rozas (Madrid)
Impresión en Black print CPI (Barcelona)
Fecha impresion para Argentina: 26.8.13
Distribuidor exclusivo para España: LOGISTA
Distribuidor para México: CODIPLYRSA
Distribuidores para Argentina: interior, BERTRAN, S.A.C. Vélez
Sársfield, 1950. Cap. Fed./ Buenos Aires y Gran Buenos Aires,
VACCARO SÁNCHEZ y Cía, S.A.

Capítulo Uno

Nick Carlino se puso al volante de su Ferrari y, haciendo chirriar las ruedas en la grava, salió del aparcamiento de Rock and A Hard Place y puso rumbo a su casa del valle de Napa. Le apetecía encenderse un cigarrillo y que el día terminara. Esa noche, había vuelto a ver en los ojos de Rachel Mancini el deseo de que lo suyo se convirtiera en una relación seria. Había visto aquella expresión una docena de veces en las mujeres con las que había salido y siempre había sido lo suficientemente prudente como para romper con ellas.

A Nick le gustaba Rachel. Era guapa y le hacía reír y, como dueña del club nocturno de moda, lo atraía con su inteligencia para los negocios. La respetaba y era por eso por lo que tenía que romper con ella. Últimamente no paraba de lanzarle indirectas de que quería más, pero Nick no tenía nada más que ofrecerle.

La luz de la luna lo guio por la oscura carretera que se abría entre los viñedos, con el olor penetrante de las uvas merlot y zinfandel, en medio de la noche veraniega. Había regresado a Napa después de la muerte de su padre para ayudar a sus hermanos a hacerse cargo de Carlino Wines y, de acuerdo con el testamento, tenían seis meses para decidir cuál de los tres hijos de Santo Carlino sería el presidente del imperio. Ninguno de ellos quería tener ese honor. Aun así, Tony, Joe y Nick habían estado trabajando codo con codo durante los últimos cinco meses, y todavía les quedaba uno para decidir quién se haría cargo de la compañía.

Al tomar una curva con desnivel, Nick vio la luz de unos faros dirigiéndose directamente hacia él. Maldijo en voz alta. El otro coche traspasó su carril al tomar la curva. Las luces lo cegaron y giró bruscamente el volante para evitar una colisión, pero no pudo impedir el impacto. Los dos coches chocaron, provocando un sonido sordo, y la parte trasera del Ferrari derrapó. La sacudida hizo que saltaran los airbags y acabó perpendicular al coche contra el que acababa de colisionar.

–Maldita sea –murmuró.

La presión del airbag le oprimía el pecho. Corrió hacia atrás el asiento y respiró hondo. Una vez se aseguró de que su cuerpo estaba bien, Nick salió del coche para comprobar el estado del otro conductor.

Lo primero que oyó fue a un bebé llorar y se asustó. A toda prisa comprobó los daños del viejo Toyota Camry. Dentro vio a una mujer sentada en el asiento del conductor, con el cuerpo echado hacia delante y la cabeza apoyada en el volante. Abrió la puerta con cuidado y vio que tenía sangre en la cara.

El llanto del bebé se volvió más intenso. Nick abrió la puerta trasera y echó un vistazo al interior.

El bebé estaba sentado en su silla mirando hacia atrás y parecía estar bien. Por suerte, no tenía sangre. El asiento para bebés había cumplido su función.

–Aguanta, pequeño.

Nick no tenía ni idea de cuántos años tenía el niño, pero suponía que todavía no sabía caminar. Luego, puso la mano en el hombro de la mujer.

–¿Puede oírme? Voy a buscar ayuda.

Al ver que no respondía, Nick la rodeó por los hombros y la echó hacia atrás para poder ver las heridas. Tenía sangre en la frente de un profundo corte que se había hecho al golpearse con el volante. Hizo que apoyara la cabeza en el reposacabezas.

Ella abrió los ojos lentamente y lo primero en lo que Nick reparó fue en el increíble color de sus ojos. Era una mezcla de turquesa y verde. Solo había visto una vez en su vida aquel color tan espectacular.

–¿Brooke? ¿Eres Brooke Hamilton? –preguntó apartándole el pelo de la cara.

–Mi bebé –susurró, esforzándose en pronunciar las palabras mientras volvían a cerrársele los ojos–. Cuida de mi bebé.

–Está bien.

Aquella mujer a la que había conocido hacía doce o trece años en el instituto volvió a repetir su súplica.

–Prométeme que cuidarás a Leah.

Sin pensárselo, Nick accedió.

–Prometo que cuidaré de ella, no te preocupes.

Brooke cerró los ojos y volvió a perder la conciencia. Nick llamó al teléfono de emergencias.

Cuando terminó de hablar, se metió en el asiento trasero del coche. Los sollozos del bebé se convirtieron en quejidos, que hicieron que a Nick se le rompiera el corazón.

–Ya voy, pequeña, te sacaré de ese artilugio.

Nick no tenía ni idea de bebés. No sabía cómo liberarlo de aquellas correas que la sujetaban al asiento. Ni siquiera había tenido nunca a un bebé en brazos. Lo intentó durante unos minutos y por fin pudo soltarla, sin dejar de murmurar dulces palabras mientras lo hacía. Para su sorpresa, el bebé dejó de llorar y lo miró. Tenía el rostro sonrojado y la respiración era calmada. Con los ojos abiertos como platos, se quedó mirándolo con los mismos enormes ojos de su madre.

–Vas a romper muchos corazones con esos ojos –le dijo al ver que era una niña.

Los labios del bebé se curvaron. Aquella sonrisa lo sorprendió. Nick la sacó del asiento y la sujetó con fuerza.

–Necesitas alguien que sepa de bebés.

Nick cambió al bebé de brazo y sacó otra vez el teléfono para llamar a Rena, la esposa de Tony. Ella sabría lo que hacer. De repente recordó lo tarde que era y lo mal que Rena estaba durmiendo últimamente: estaba a punto de tener un bebé. Colgó antes de que sonara el primer timbre y marcó el número de Joe. La prometida de Joe, Ali, acudiría veloz a ayudar y él se quedaría tranquilo de dejar atendida a la pequeña.

Saltó el buzón de voz. Nick dejó un breve mensaje y luego se acordó de que Ali y Joe estaban de vacaciones en las Bahamas durante esa semana.

–Estupendo –murmuró, sujetando al bebé con ambos brazos–. Parece que estaremos tú y yo a solas.

Antes de que llegara la ambulancia, Nick revolvió en el bolso de la mujer y encontró su carné de conducir. Bajo la tenue luz del coche, comprobó que no se había equivocado. La conductora que había invadido el carril y que había causado el accidente era Brooke Hamilton. Había ido con ella al instituto. Había habido algo entre ellos, pero eso era agua pasada.

Nick dejó al bebé en el asiento trasero.

–Tranquila, ¿de acuerdo? Voy a ver cómo está tu mamá.

En cuanto la soltó, empezó a lloriquear.

–De acuerdo –dijo Nick, tomándola de nuevo en brazos para calmarla–. Vamos a comprobar juntos cómo está mamá.

Nick sujetó a la pequeña con el brazo derecho y abrió la puerta del pasajero para ver mejor a Brooke. Todavía respiraba. No le parecía que la colisión hubiera sido tan grave.

Oyó a lo lejos unas sirenas y se sintió aliviado.

Con el bebé en brazos, Nick recibió a los médicos de la ambulancia.

–El bebé parece estar bien, pero la madre está inconsciente –dijo.

—¿Qué ha pasado? —preguntó uno de ellos.

—Iba conduciendo y al tomar la curva, me encontré este coche en mi carril. Di un volantazo en cuanto lo vi, si no, podía haber sido mucho peor.

—¿El bebé es suyo o de ella? —preguntó el hombre mientras examinaba a Brooke.

—De ella.

—Está bien, nos los llevaremos a los dos al hospital —dijo el médico mirando a su compañero—. ¿Qué me dice de usted? ¿Está herido?

—No, el airbag se activó y estoy bien. Al parecer, el Camry no tiene.

—Parece que el asiento portabebés ha evitado que la pequeña sufriera heridas.

Al cabo de quince minutos llegó la policía para levantar el atestado, justo en el momento en el que metían a Brooke en la ambulancia. Nick permaneció a su lado, con Leah en brazos.

—Yo me ocuparé de ella —dijo el médico.

—¿Qué van a hacer con ella?

—La someteremos a un examen y se la entregaremos a algún familiar.

En cuanto Leah dejó los brazos de Nick, armó un gran escándalo. Cerró los ojos y se le puso la cara roja mientras gritaba con fuerza. Lo peor de todo fue que una vez que abrió los ojos, miró a Nick como si supiera que era su salvador.

Nick recordó la promesa que le había hecho a su madre.

—Deje que me quede con ella —dijo ofreciendo sus brazos—. Iré con ustedes al hospital.

El médico le dedicó una mirada escéptica.

–Conozco a la madre. Fuimos al instituto juntos. Le prometí que cuidaría de Leah.

–¿Cuándo?

–Abrió los ojos y estuvo consciente el tiempo suficiente para asegurarse de que su hija estaba atendida.

El médico suspiró.

–Se ve que le gusta usted más que yo. Llévese la bolsa de pañales del coche. Tenemos que irnos.

Brooke abrió los ojos lentamente e incluso ese sutil movimiento le causó un fuerte dolor en la frente. Se llevó la mano a la cabeza y descubrió que tenía una venda.

Lo primero en lo que pensó fue en Leah y sintió pánico.

–¡Leah!

Se sentó bruscamente. Su cabeza daba vueltas y a punto estuvo de volver a quedarse inconsciente.

Luchó contra aquella sensación de mareo y respiró profundamente.

–Está aquí –oyó que decía una voz masculina.

Brooke miró en la dirección de la voz, entrecerrando los ojos para enfocar. Vio a Leah aferrada a su manta rosa, con aspecto tranquilo, durmiendo en los brazos de un hombre. Al instante se sintió aliviada. Su precioso bebé estaba a salvo. Los ojos se le llenaron de lágrimas cuando surgieron en su mente fragmentos del accidente. Se había distraído con el llanto de Leah al tomar la curva. Se había girado un momento para verla, justo antes de colisionar con otro coche. Apenas recordaba haber despertado un instante antes de que todo se tornara negro. Brooke se tomó un segundo para dar gracias a Dios de que nada le hubiera pasado a Leah.

Sus ojos se fijaron en los intensos ojos azules y en la sonrisa de… ¿Nick Carlino? Nunca se había olvidado del sensual timbre de su voz ni de sus atractivos rasgos. O de los hoyuelos que se le formaban cuando sonreía. Era suficiente para hacer que cualquier chica se desnudara en cuestión de segundos. Lo sabía porque había sido una de esas chicas.

–Leah está bien –le aseguró de nuevo.

–¿Nick Carlino?

–Soy yo, Brooke –dijo, y aquellos hoyuelos aparecieron un momento.

Alargó la mano para acariciar a Leah y el movimiento le provocó un fuerte dolor de cabeza.

–Quiero abrazar a mi bebé.

–Está durmiendo –dijo sin mover un músculo.

Brooke apoyó la cabeza en la almohada. Sería mejor no despertar a Leah ya que seguía sintiéndose aturdida.

–¿De veras está bien?

–La examinaron anoche. El médico dijo que no tenía lesiones.

–Gracias a Dios –susurró Brooke, con los ojos llenos de lágrimas una vez más–. Pero, ¿por qué estás aquí?

No lograba comprender por qué estaba Nick con su hija en brazos y en su habitación del hospital.

–¿De verdad no lo recuerdas?

–Apenas recuerdo mi nombre en este momento.

–Anoche chocaste contra mi coche al tomar una curva. Por un instante, creí que era el final para todos nosotros.

–¿Fue tu coche contra lo que choqué? Lo siento. La carretera estaba oscura y me distraje. Llevábamos en el coche todo el día y pensé que podríamos ir a su casa en vez de pasar la noche en un motel. ¿Estás bien? ¿Has sufrido alguna herida?

Seguía sin poder creer que Nick Carlino estuviera en su habitación del hospital, con su bebé en brazos. Un escalofrío la recorrió. Aquello era surrealista.

–Estoy bien. El airbag salvó mi trasero.

–Me alegro. ¿Y tu coche?

–Necesita algunos arreglos.

–¿Y el mío?

–Lo mismo. Los he enviado al taller.

Brooke no quería pensar en el coste de la reparación de los coches.

–¿Has estado aquí toda la noche?

Aquellos peligrosos hoyuelos aparecieron y él asintió.

–Anoche te prometí que la cuidaría.

–¿Ah, sí?

–Te despertaste un momento para asegurarte de que Leah estaba atendida y me hiciste prometer que me ocuparía de ella.

–Gracias –dijo ella conteniendo de nuevo las lágrimas–. Te agradezco todo lo que hiciste anoche.

Nick asintió y miró a Leah.

–¿Dónde está su padre?

Brooke parpadeó. ¿Dan, el padre de Leah? ¿El hombre con el que había estado casada dos años y que en su vigésimo noveno cumpleaños le había confesado que estaba teniendo una aventura con una mujer a la que había dejado embarazada? Aquella noche había dejado a Brooke y, una semana más tarde, ella había descubierto que iba a tener un bebé.

–No forma parte de mi vida.

–¿De veras?

Se había ido lejos de Los Ángeles y de Dan, y había pasado los siguientes meses viviendo sola, dirigiendo un pequeño hotel de la costa de California, a las afueras de San Diego. Había podido pagar sus gastos y había disfrutado de la brisa fresca del océano y del sol. Le había sentado bien a su embarazo y a su estado de ánimo.

–Sí, Dan está fuera de mi vida.

Se sentía bien diciéndolo. Sabía que algún día tendría que hablarle a Dan de Leah, pero no en aquel momento. Tenía que conseguir que la casa de la tía Lucy fuera rentable y diera dinero antes de contarle a Dan lo de su hija. Necesitaba hacerse con todos los argumentos posibles para lograr la custodia de Leah. Eso en el supuesto de que Dan aceptara a su hija. No estaba dispuesta a correr riesgos. Brooke había heredado la casa de ocho dormitorios de su tía en el valle de Napa y con cierta ingenuidad pensaba convertirla en un pequeño hotel.

–Así que has venido a visitar a tu tía –afirmó Nick, dándolo por sentado.

–Mi tía falleció hace tres meses. He heredado su casa.

Justo cuando Nick estaba a punto de hacer otra pregunta, Leah se movió en sus brazos e hizo unos sonidos al despertarse. Nick se puso rígido, sin saber muy bien qué hacer con ella.

–Tiene hambre y probablemente el pañal mojado.

Impulsivamente, Nick la apartó de su cuerpo y comprobó la manta que la cubría.

–¿De veras?

–¿Lleva toda la noche con el mismo pañal?

–Sí, bueno no. Una de las enfermeras le cambió el pañal anoche y le dio de comer –dijo señalando la maleta que estaba al otro lado de la habitación–. Encontró todo lo que necesitaba ahí.

–Vaya, ni siquiera había pensado en mis cosas. ¿Las trajiste anoche?

Él asintió y se puso de pie. Brooke lo miró de arriba abajo y contuvo el aliento. La sombra de la barba y la ropa arrugada lo hacían parecer más atractivo, más sexy de lo que recordaba. Se había convertido en un hombre digno de las fantasías de cualquier mujer.

–Me ocuparé de Leah. Estoy segura de que enseguida me iré.

En aquel momento entró el médico, con el informe en sus manos.

–Yo no estaría tan seguro –dijo, y se presentó como el doctor Maynard.

Se quedó pálida y sintió un nudo en el estómago.

—¿Por qué no?

—Aunque las pruebas no muestran daños, se ha dado un golpe muy fuerte en la cabeza. Va a tener mareos. No podrá conducir y será mejor que descanse un par de días.

El médico le retiró la venda de la cabeza y asintió al comprobar que tenía mejor aspecto. Luego le examinó los ojos y escuchó su corazón con el estetoscopio.

—Puedo darle el alta si tiene quién la cuide. ¿Tiene quién la ayude con el bebé?

Ella sacudió la cabeza.

—Llegué anoche a la ciudad. Puedo llamar a una amiga.

Había mantenido el contacto con Molly Thornton durante varios años después de acabar el instituto y aunque hacía dos que no hablaba con ella, sabía que le echaría una mano.

—Está bien, recibirá el alta enseguida. Le daré una receta para aliviar los dolores. ¿Sigue dándole el pecho al bebé?

—Sí —contestó Brooke asintiendo.

El médico miró a Leah, quien cada vez se agitaba más en los brazos de Nick.

—Es preciosa. Tengo una hija unos meses mayor que ella —dijo, y luego miró a Nick—: Nunca pensé que te vería con un bebé en brazos, Carlino —añadió antes de volverse a Brooke y guiñarle un ojo—. La próxima vez que venga a Napa, le sugeriría que no se cruzara con Nick. Es preferible apartarse de su camino.

Brooke ya había llegado a esa conclusión muchos años antes.

–¿Sabes, Maynard? No creo que te haga tanta gracia cuando te dé una paliza en la cancha el viernes.

–Sigue soñando –dijo el doctor Maynard antes de volver a ponerse serio al dirigirse a Brooke–. Asegúrese de que alguien la recoge y se queda con usted. Tómeselo con calma unos días.

–De acuerdo, doctor.

Una vez se hubo marchado de la habitación, Brooke miró a Nick, quien había vuelto a tranquilizar a Leah.

–Ya me ocupo de Leah.

Nick se acercó a la cama, sujetando a Leah contra su cuerpo. Leah lo miraba con los ojos bien abiertos.

Brooke buscó en sus dedos una alianza y al pillarla, sintió que se ponía colorada. Nick siempre le había provocado ese efecto. La única noche que habían pasado juntos, se había sentido tan humillada que había pensado que moriría de vergüenza. Seguramente había sido el hazmerreír del vestuario de los Napa Valley Victors.

Nick Carlino había sido popular en el instituto por el béisbol, las chicas y las fiestas.

Brooke se había vuelto loca al pensar que a Nick le gustaba. Brooke había descubierto lo distintos que eran.

Casi había echado a perder sus diecisiete años. Su autoestima había tocado fondo y había necesitado de varios años para recuperarla. Todas las cosas negativas que creía tener, las había visto confirmadas. Y por todo ello, lo había odiado.

En aquel momento, lo miró mientras le entregaba a su bebé de cinco meses. Se le veía guapo y apetecible, y odiaba los ligeros temblores que sentía en el estómago. Cuanto antes se apartará de él, mejor. No quería recordar el pasado y deseó haber chocado con cualquier otra persona que no hubiera sido Nick Carlino.

—Es sencillo, Brooke. Pasarás la noche en mi casa.

—No puedo hacerlo, Nick.

Brooke se negó a cambiar de opinión, a pesar de que la cabeza le daba vueltas. Mientras él había salido de la habitación, ella se había levantado, se había vestido y había hecho tres llamadas a Molly sin éxito. Luego se había puesto a darle el pecho a Leah en el mismo sillón de cuero en el que Nick había pasado la noche. Justo entonces había regresado él.

—Ya se me ocurrirá algo —dijo suavemente para no molestar a Leah.

Así había sido siempre. Se las había arreglado sola para salir adelante con el embarazo y dar a luz a su hija, así que podría salir de aquel dilema sin problemas.

—¿El qué? No tienes opciones. No das con tu amiga y ya has oído lo que te ha dicho el médico.

Podía ser tan cabezota como ella, pensó al ver cómo se había cruzado de brazos.

–Me las arreglaré, gracias. No necesito tu ayuda.

Nick se sentó en una silla y apoyó los codos en las rodillas. Luego la miró a los ojos con su penetrante mirada.

–¿Cuánto hace, trece años? ¿Todavía me guardas rencor?

Brooke contuvo una exclamación y Leah dejó de mamar. Volvió a colocar al bebé y esperó a que siguiera mamando, no sin antes asegurarse que tuviera cubierto el pecho con la manta.

Deseó estar en cualquier otro sitio que no fuera aquel, manteniendo aquella conversación con Nick. Le sorprendía que recordara aquella noche.

–No guardo rencor. Apenas te conozco.

–Me conoces lo suficiente como para aceptar mi ayuda.

–No la necesito –dijo sin sonar convincente ni para ella misma–. Además, ¿por qué te importa?

Nick se pasó la mano por su pelo oscuro y sacudió la cabeza.

–No es ningún problema, Brooke. Vivo solo en una casa enorme. Te quedarás una o dos noches y así mi conciencia se quedará tranquila.

Aquello sonaba como el Nick Carlino que conocía, aquel al que solo le preocupaba ser el número uno en todo.

–Anoche prometí cuidar de Leah y resulta que su madre necesita un sitio tranquilo para descansar.

Brooke se estaba quedando sin argumentos y eso la estaba poniendo nerviosa.

—¿Quién va a cuidar de nosotras, tú?

—Contrataré una enfermera.

—No puedo permitírmelo.

—Yo sí.

La idea sonaba mejor por momentos, pero ¿cómo aceptar su caridad?

En una cosa tenía razón: se había quedado sin opciones. Excepto con Molly, había roto los lazos con todos sus amigos del valle de Napa después de que su madre decidiera que tenían que mudarse tras su graduación.

Al ver que Brooke no contestaba, Nick insistió.

—Piensa en lo que tu hija necesita.

Ella cerró los ojos un instante. Tenía razón, Leah necesitaba que su madre se recuperara. Si tenía una enfermera a su disposición, Leah estaría atendida y ella podría descansar. Llevaba toda la mañana sintiendo mareos. Apenas eran las once y ya estaba exhausta. Todos los huesos del cuerpo le dolían cada vez que se movía. Podía soportar el dolor, pero necesitaba tener fuerzas para cuidar de Leah.

Maldito Nick. Si bien debía de estarle agradecida por su generoso ofrecimiento, le molestaba que tuviera los medios para facilitarle lo que necesitaba. ¿Por qué tenía que ser Nick?

—¿Y bien? —preguntó él.

La idea de pasar un minuto bajo el mismo techo que Nick Carlino la hacía estremecerse.

—Permíteme que llame a Molly una vez más.

Capítulo Dos

Nick miró a Brooke sentada en el asiento del pasajero de su Cadillac Escalade. La única señal del accidente era la venda que tenía en la frente.

—¿Estás lista? —preguntó mientras le ajustaba el cinturón.

—Sí —contestó manteniéndole la mirada—. ¿De dónde has sacado el asiento para Leah?

Nick se giró sobre el asiento trasero en el que estaba el bebé sobre un cojín de lana.

—Randy, el mecánico, tiene dos niños. Él me lo ha colocado. Mi casa no está lejos.

—Mi vuelta a Napa no debería haber sido así.

—¿Cómo tenía que haber sido?

—Tenía que haber llegado de día a casa de mi tía. Tenía que haber llegado a una casa impecable llena de muebles antiguos. Leah y yo habríamos pasado la noche y por la mañana habría pensado en la manera de abrirla al público.

—La vida no siempre es como la plancamos.

—Viniendo de ti eso es un comentario hipócrita.

Nick encendió el motor.

—¿Porque soy rico y afortunado?

Brooke suspiró y dejó escapar el aire por la boca. Nick trató de no reparar en aquella boca. Él era tan solo un buen samaritano. Le molestaba que a Brooke le pareciera extraño que la hubiera ayudado.

En vez de sentirse molesto, Nick sonrió.

—Así que crees que porque conduzco coches buenos y vivo en una casa grande, tengo todo lo que quiero, ¿no?

—¿No es así?

Nick sacudió la cabeza. No necesitaba pensárselo dos veces.

—No, todo no, Brooke.

Había deseado algo por encima de todas aquellas cosas y justo cuando había estado a punto de conseguirlo, lo había perdido.

Sintió cómo lo observaba antes de apoyar la cabeza en el reposacabezas y cerrar los ojos. Eso le dio la oportunidad de mirarla. Por desgracia, le gustaba lo que veía. Unas pestañas largas enmarcaban sus ojos almendrados, y descansaban en unas prominentes mejillas. Le gustaba aquella boca. Ya la había besado antes, pero el recuerdo de aquellos besos se había borrado con los años.

Largos y rizados mechones de pelo rubio caían sobre sus hombros hasta sus pechos. Tenía un cuerpo con curvas, pero por su fina cintura y su vientre liso, nunca habría adivinado que hacía cinco meses que había tenido un bebé.

«No sigas por ahí», se dijo Nick.

Condujo con cuidado, como había prometido, y se dirigió a la autopista.

—¿Dónde está la casa de tu tía?

—Nada más salir de la ciudad, en Waverly Drive.

Nick conocía la zona. Estaba en las faldas de la montaña, antes de que la carretera empezara a subir y se adentrara en los viñedos.

–¿Quieres que pasemos por delante?

Ella abrió los ojos como platos, iluminándosele el rostro.

–Sí.

–¿Estás segura? –preguntó.

–Lo estoy. Siento curiosidad por ver cómo está. Han pasado años desde la última vez que estuve.

–¿Nunca regresaste a Napa, ni aun teniendo una tía que vivía aquí?

–No, nunca volví.

Nick la miró y ella desvió de nuevo la mirada, girándose hacia la ventanilla.

Permanecieron en silencio el resto del camino.

Brooke no quería contarle que su tía Lucy era hermana de su padre y que después de que sus padres se separasen, su madre no había vuelto a hablar con ella. Pero su tía solía verla a escondidas, acompañándola en su paseo del colegio a casa. Una vez en el instituto, tía Lucy le había pedido que pasase por su casa. Brooke apenas tenía familia y le caía bien tía Lucy, a pesar de sus excentricidades. Con el tiempo, su madre se había enterado de las visitas, pero nunca intentó impedirlas.

Después de mudarse, Brooke había tenido la intención de mantener el contacto con su tía, pero había pasado el tiempo y no había hecho. Se había sentido culpable por no haberse esforzado más en ver a su tía antes de que muriera. Había sido toda una sorpresa heredar su casa y solo había una con-

dición en el testamento: Brooke no podría vender-
la en los cinco primeros años. Estando su madre
casada otra vez y viviendo en Hawái, tenía sentido
que Brooke regresara y empezara una nueva vida
junto a Leah.

Miró a Nick, que acababa de salir de la autopista. Él era una de las razones por la que nunca había querido volver allí. Los trece años transcurri-
dos habían apagado el dolor y casi había olvidado
aquella sensación de rechazo. Se había enamorado del chico equivocado y se había sentido como
una estúpida. El destino siempre había vuelto su
vida patas arriba.

Había acabado teniendo un accidente con el
único hombre al que había querido evitar a toda
costa. Ahora, se había convertido en su obra de caridad. Iba a vivir bajo su techo y a aceptar su ayuda,
y estaría en deuda con él el resto de la eternidad.

—¿Cuál es la dirección exacta? —preguntó Nick
mirándola, nada más tomar Waverly Drive.

—Está a mitad de la manzana que hay a la dere-
cha. Es la única casa de tres plantas de la calle.

Las casas estaban separadas unas de otras. Cada
una tenía una superficie de casi media hectárea. Si
Brooke no recordaba mal, la de su tía era más
grande que la de los vecinos. Lo cierto era que
contaba con la mayor extensión de terreno del ve-
cindario.

—Ahí está —dijo Brooke, señalando la parcela
que recordaba.

Se sentía excitada y ansiosa. Era el comienzo de
su nueva vida. Pero de repente, una sensación de tris-

teza se apoderó de ella. El corazón se le encogió. La verja de hierro forjado estaba oxidada. El jardín que solía estar lleno de pensamientos, narcisos y lavanda, estaba lleno de hierbajos. Mientras Nick conducía por el camino que llevaba a la casa, a Brooke el corazón de se le encogió aún más.

—Vaya —dijo con los ojos llenos de lágrimas—. No es así como la recordaba.

—¿Quieres entrar? —preguntó Nick mirándola.

Su tía había estado enferma los últimos años de su vida. Era evidente que mantener la casa no había sido una de sus prioridades. Otra punzada de culpabilidad la invadió. ¿Habría muerto sola? ¿Habría tenido a alguien junto a su cama mientras había estado enferma?

—Debería hacerlo. Tengo que saber lo que me espera —dijo, y forzó una sonrisa—. Pero Leah está dormida.

—Me quedaré con ella. Tú entra y échale un vistazo a la casa —dijo Nick, y al ver que se quedaba pensativa, añadió—: A menos que quieras que entre contigo.

—No, no hace falta. Si puedes vigilar a Leah, entraré.

Nick salió del coche a la vez que ella. La tomó del brazo y la acompañó a los escalones. Su roce y su cercanía al caminar se mezclaron al resto de sensaciones que le nublaban la cabeza. No quería deberle nada, pero ahí estaba, haciéndole de nuevo un favor. Su cortesía le resultaba reconfortante y le hacía recordar los días en los que Nick la había sorprendido con su amabilidad, para después romperle el corazón. En ese momento, a pesar de su debilidad, no permitiría que el roce de Nick significara algo.

Avanzó por el porche hasta la puerta y se quedó allí pensativa unos segundos.

–¿Estás bien? –le preguntó Nick sujetándola con fuerza por el brazo derecho.

–Sí, es solo que no puedo creerlo.

–Estaré aquí. Llámame si me necesitas.

Nick la miró escéptico, pero bajó los escalones y se fue a cuidar a Leah, que dormía en su asiento de coche. Ella se giró hacia la puerta y buscó en su bolso las llaves.

Cinco minutos más tarde Brooke había visto todo lo que tenía que ver y no le había gustado. La casa llevaba años abandonada. Las únicas habitaciones que estaban decentes eran la cocina y el dormitorio de su tía. Las demás necesitaban bastantes arreglos. Iba a tener que dedicar mucho esfuerzo y dinero, y en aquel momento, la situación la abrumaba. Salió al porche y se encontró a Nick apoyado en el coche, con la puerta abierta para que le entrara aire a Leah.

–¿Y bien?

–Digamos que el interior hace que el exterior parezca el palacio de Buckingham.

–¿Tan mal está?

Brooke bajó los escalones demasiado deprisa y todo empezó a darle vueltas. Trató de mantener el equilibrio, pero perdió el paso. Enseguida, Nick la rodeó con sus brazos.

–Vaya.

Su cuerpo se estrechaba contra el de él. Aunque era fuerte, sus brazos la sujetaban con delicadeza.

—¿Estás bien? —preguntó acariciándole la espalda.

—Lo estaré en cuanto dejes de dar vueltas.

Nick sonrió, mientras Brooke se agarraba a él para recuperar el equilibrio. El respirar su olor masculino no le resultaba de ayuda. Hacía más de año y medio que un hombre no la había tocado. Esa era la única explicación para las cálidas sensaciones que le recorrían el cuerpo. Ya hacía mucho tiempo que había olvidado a Nick Carlino.

—No ha sido una buena idea —le susurró Nick al oído—. No debería haberte traído aquí. No estás preparada.

—Creo que tienes razón, pero ya me siento bien. La cabeza ha dejado de darme vueltas.

La tomó de la mano y la acompañó al coche.

—Venga, te llevaré a casa. Tienes que descansar.

Brooke se metió en el coche y mantuvo cerrados los ojos durante todo el camino, en parte para descansar y también para olvidar lo bien que se había sentido entre los brazos de Nick. Era fuerte, robusto y tierno.

Brooke se masajeó las sienes y se ajustó la venda, pensando en que el destino tenía un gran sentido del humor. Pero a ella no le parecía divertido.

Había oído hablar del patrimonio de los Carlino y había pasado por delante muchas veces en sus años de juventud, pero Brooke no estaba preparada para lo que vio al entrar en la casa. Esperaba encontrar opulencia y un ambiente frío y lo que se encontró fue calidez. Aquello fue una sorpresa.

El estilo de la casa era el de una villa. La planta baja era abierta y la alta se dividía en cuatro alas, según le explicó Nick.

—¿Estás bien? —preguntó Nick mientras subía la escalera detrás de ella con sus maletas.

—Sí, no tendrás que volver a cargar conmigo.

—Lástima no tener esa suerte.

¿Estaba flirteando con ella?

Al llegar al último escalón, Brooke se detuvo y se dio la vuelta.

—¿Por dónde?

Nick se quedó un escalón por debajo. La miró fijamente y luego bajó la vista hasta donde Leah se aferraba a su blusa, dejándole al descubierto el sujetador. Nick dedicó una sonrisa a Brooke y después volvió a mirar a Leah, que parecía completamente fascinada con él. Acarició la nariz de la niña y la hizo sonreír.

—Dirígete hacia las primeras puertas dobles que ves.

Brooke entró en la habitación.

—Este es tu cuarto.

Era imposible no darse cuenta. Sus trofeos de béisbol estaban en una estantería, junto a fotos de Nick con sus hermanos y un retrato familiar de cuando sus padres vivían. Un gran ventanal ofrecía una vista increíble de Napa.

—Sí, es mi habitación.

Brooke se dio la vuelta y lo miró.

–Seguro que no esperas que…

No pudo terminar la frase. Se le llenó la cabeza de imágenes de la última vez que estuvo con Nick.

Nick dejó el equipaje en el suelo y la miró desde la cabeza a los pies.

–Tiene sentido, Brooke. Hay una habitación al lado donde dormirá la enfermera. Yo dormiré en la habitación de invitados, la segunda puerta del pasillo.

Se escuchó el suspiro de alivio y se sintió tan avergonzada que no pudo mirarlo. ¿Qué le hacía pensar que estaba interesado en ella? Seguramente había un montón de mujeres esperando una llamada suya.

Miró a su alrededor en busca de un lugar donde poner a Leah a dormir. Después, se giró hacia Nick, que estaba sacando algunas prendas de la cómoda.

–Había un parque en el baúl de mi coche.

–Está aquí. Esta mañana saqué el resto de tus cosas del baúl.

–¿Y las trajiste aquí?

–Supuse que le harían falta a la niña. Te las traeré luego.

Sintiéndose agradecida y a punto de llorar, no supo qué decir.

–Yo… Muchas gracias, Nick.

–De nada. Usa todo lo que necesites. Hay bañera y ducha. Métete en la cama si te apetece. La enfermera llegará en media hora.

–¿Y tú? Seguramente tenías planes para hoy. No dejes que te entretengamos.

–Cariño, nadie impide que haga lo que quiera –dijo él y le guiñó el ojo antes de salir de la habitación.

Brooke lo sabía muy bien.

–Bueno Leah, ese era Nick Carlino.

Leah miró a su alrededor con los ojos abiertos como platos, fascinada por el nuevo entorno. Luego balbució y Brooke sintió que el corazón se le ablandaba. Lo único que importaba era que ambas estaban sanas y salvas. Se sentó en la cama de Nick y sostuvo a Leah sobre su rodilla.

–Prométeme que no te encariñarás con él, pequeña –dijo, haciendo chocar su mano con la de Leah–. No se puede confiar en él. Mami lo hizo una vez y no salió bien.

–Eso es toda una novedad –dijo su hermano Joe, mientras se secaba con la toalla al salir de la piscina–. Vas a dejar que una mujer y su hija se queden en tu casa.

–No tenía otra opción –replicó Nick mirando a su hermano–. ¿Qué se suponía que debía hacer? Está herida y no tiene dónde ir. No podía marcharme sin más. Se dio un golpe en la cabeza.

–Eso lo explica todo –dijo Joe poniéndose otra vez las gafas.

–Menos mal que sabes cómo usar un ordenador. Como humorista no tienes futuro.

Joe lo ignoró.

–¿De quién se trata?

–Brooke Hamilton. Fuimos juntos al instituto.

–¿Brooke Hamilton? Ese nombre me resulta familiar.

Nick permaneció callado, a la espera de que su hermano cayera en la cuenta.

–Ah, es la que trabajaba en el Cab Café, ¿verdad? –continuó Joe–. Ahora la recuerdo. Era la camarera que estaba enamorada de ti.

–Eso es agua pasada.

Nick no quería hablar del pasado. Había sido la única vez que había hecho lo correcto. La única vez que había antepuesto las necesidades de otra persona a las suyas. Aun así, después de todos los años que habían pasado, cada vez que lo miraba, lo hacía con cautela y desprecio. ¿Todavía le guardaba rencor por lo que había pasado?

–¿Así que ahora eres un buen samaritano?

–Algo así –murmuró Nick–. Pero ya te dicho que sólo estará unos días, hasta que Maynard le dé el alta.

–Sí, claro. Por cierto, ¿cómo es que mi hermano pequeño tiene un accidente y no se lo cuenta a sus hermanos?

–Iba a llamar, pero luego me acordé que estabais en las Bahamas.

–Llegamos anoche. ¿Y cómo estás tú?

–Sobreviviré –contestó alzando los brazos.

–¿Cuántos años tiene su hija?

–Leah tiene cinco meses.

–¿Un bebé? –dijo Joe con mirada suspicaz–. No serás el…

Nick sacudió la cabeza.

–Me encontré con Brooke anoche. No la veía

desde el instituto, pero gracias por el voto de confianza, hermano.

–No te ofendas –dijo Joe–. Ya sabes que tienes toda una reputación con las mujeres.

Nick no podía negarlo. Le gustaban las mujeres y tenía éxito con ellas. Disfrutaba de su compañía hasta que se cansaba y se marchaba. A veces eran ellas las que se cansaban de esperar un compromiso y lo dejaban. Pero nunca las engañaba. De joven, había pensado que cambiaría cuando apareciera la mujer adecuada, pero su padre le había quitado esa idea en su intento por controlarlo. Santo Carlino siempre había querido que uno de sus hijos se hiciera cargo de los negocios y, una vez que Tony se fue para dedicarse a las carreras de coches y Joe a Nueva York a trabajar en una compañía de software, el hijo pequeño se había llevado la peor parte de sus manipulaciones.

–No me interesa Brooke Hamilton. Dame un respiro, Joe. Estoy haciendo una buena acción, no buscando una familia.

Nick levantó la cabeza y vio a Brooke detrás de Joe. El biberón se le escapó de las manos. Joe recogió el biberón y se lo dio.

–Aquí tienes. Hola, me llamo Joe.

–Lo recuerdo. Hola, Joe.

Brooke tomó el biberón y sonrió.

–Siento lo del accidente –dijo Joe–. Espero que te recuperes pronto de las heridas.

–Gracias –respondió.

–¿No deberías estar descansando? –preguntó Nick.

Hacía una hora que había acompañado hasta la habitación a la enfermera, quien había prometido cuidar de la madre y de la hija.

Lo miró y la luz de sus ojos desapareció tan rápido como su sonrisa.

—No podía relajarme, así que decidí tomar un poco de aire.

—¿Con eso? —dijo Nick señalando el biberón.

—Iba de camino a la cocina para guardarlo. Es leche materna recién extraída.

—¿Extraída? —preguntó Nick extrañado.

—Creo que ha llegado el momento de irme —dijo Joe, y se puso las gafas.

Luego los miró, se despidió con la mano y se marchó.

—Siento molestarte —dijo Brooke mientras se giraba para marcharse.

—¿Brooke?

Ella se detuvo y se dio la vuelta.

—Leah y yo no tenemos otra opción, Nick. No quiero parecer desagradecida, pero me apetece estar aquí tan poco como a ti tenernos.

—Si no quisiera que estuvierais aquí, no estaríais. ¿Por qué no podías relajarte?

Brooke jugueteó con el biberón entre sus manos. No quería pararse a pensar en cómo había extraído aquella leche. Algunas cosas eran difíciles de entender para los hombres. Brooke apartó la vista y miró hacia la piscina, luego al jardín y por último a él.

—Es por el accidente. No dejo de pensar en ello. Cada vez que cierro los ojos, ahí está —dijo y tragó saliva–. Y cuando pienso en lo que le podía haber pasado a Leah…

Nick se acercó a ella y le puso las manos sobre los hombros.

–Pero no le ha pasado nada a Leah. Te pondrás bien.

Cerró los ojos un segundo y cuando volvió a abrirlos, sintió un nudo en el estómago. Era algo que no reconocía, algo nuevo y extraño para él.

Le acarició la mejilla y se perdió en sus ojos. Sentía la necesidad de protegerla, de reconfortarla. Acercó su boca a la de ella y rozó sus labios. Con aquel beso pretendía tranquilizarla, ayudarla a encontrar algo de paz, pero una extraña sensación lo asaltó. Deseaba más.

Durante años se había preguntado si había sido un acto de nobleza o el miedo porque ella fuera la que pudiera atarlo. Durante años también se había imaginado qué se sentiría al hacerle el amor. Había deseado que su primera vez fuera con él, a pesar de que se había apartado de ella. Desde luego que había hecho lo adecuado apartándose.

Sus labios eran cálidos y tentadores. Le resultaría fácil devorar aquella boca con forma de corazón, pero Nick se apartó. Ella lo miró interrogante.

–Espero que sepas que no hay nada que te obligue a quedarte aquí –dijo Nick, tomando un mechón de pelo entre sus dedos.

–Lo sé. Estás haciendo una buena acción.

Capítulo Tres

Brooke estaba acostada en la cama de Nick mientras la luz mortecina del sol se filtraba por la ventana. El médico le había ordenado que descansara y haría lo que fuera para salir de la casa de los Carlino lo más pronto posible. Así que con Leah durmiendo en el parque junto a ella y con la enfermera en la habitación de al lado, Brooke ahuecó la almohada y se obligó a cerrar los ojos, pero no pudo dormirse. La escena con Nick junto a la piscina no dejaba de repetirse en su cabeza.

Nick Carlino besaba muy bien. Era sexy hasta la médula. En el instante en que sus labios habían tocado los de él, había surgido la magia.

Se había dejado llevar por su roce y su sabor, deseando más. Pero Brooke no estaba dispuesta a permitir que el deseo aumentara. Había tenido un momento de debilidad y debía estar en guardia. Respiró hondo tratando de calmar los nervios.

Nick dejó a su grupo de amigos junto a la ventana del Cab Café y se dirigió hacia ella. Al verlo acercarse al mostrador, el corazón se le detuvo.

Ella no formaba parte de sus amigos. Los jugadores de béisbol y sus novias las animadoras formaban un club exclusivo. Su amistad se basaba en un saludo casual.

Trabajaba en el Cab Café y llevaba un uniforme blanco y morado con un delantal decorado con uvas.

–Hola –dijo Nick sentándose en el taburete que había frente a ella.

–Hola. ¿Te traigo algo? –le preguntó Brooke.

–Me tomaría un batido de vainilla, pero tengo entrenamiento, así que me conformaré con una limonada –dijo sonriendo.

–Enseguida –dijo Brooke, evitando mirarlo mientras le servía la limonada–. ¿Qué tal va el equipo?

–Anoche ganamos. Deberías venir a los partidos.

–Gracias, quizá lo haga.

Brooke trabajaba los fines de semana. Era entonces cuando más ocupados estaban. Pero Nick no sabía esa clase de cosas. Él pertenecía a una clase privilegiada y dudaba que supiera algo de sacrificios o de pagar facturas.

–Eso espero –dijo manteniéndole la mirada.

–Lo intentaré.

–¿Qué tal el examen de trigonometría? –preguntó él y dio un sorbo a su limonada.

–Saqué un sobresaliente, pero mi trabajo me costó. ¿Y tú?

–Me has superado, Brooke –contestó, y sus ojos azules brillaron divertidos–. No me gusta perder.

Todo el cuerpo se derritió al oírle decir su nombre.

–Estudia. He oído que es la única manera de lucirse en un examen.

Nick sonrió. Se levantó del taburete y apuró el último sorbo de limonada. Luego, dejó dinero en la barra. Dejaba buenas propinas para ser un estudiante de instituto. Brooke se dispuso a atender a otro cliente de la barra y Nick se marchó. Al llegar al centro de la cafetería, se giró para mirarla una última vez.

–Mañana juego un partido a las tres.

Ella asintió a la vez que la jefa de las animadoras, Candy Rae Brenner, tomaba de la mano a Nick y tiraba de él, mirando con desprecio a Brooke.

Aquel sueño la sobresaltó, despertándola. No entendía por qué aquella escena se había colado en sus sueños.

Miró a Leah dormida a su lado, con sus mejillas sonrojadas y sus rizos dorados.

«Piensa en ella, Brooke. Olvídate de Nick y del pasado».

Pero no podía hacerlo. El sueño había sido tan real que había disparado los recuerdos de Nick. Las semanas que habían seguido saltaron a su mente con sorprendente precisión.

Nick se acercó a ella en el pasillo, nada más salir del laboratorio de química.

–No viniste al partido.

Las clases habían acabado y la esperaba un largo paseo hasta su casa. Lo miró y se le hizo un nudo en el estómago.

–Tenía que trabajar. Algunos tenemos que hacerlo para ganarnos la vida.

–Hoy estás de mal humor, ¿verdad?

–¿Quién, yo? –dijo y se señaló el pecho.

Nick siguió con la mirada su dedo y se quedó mirándole el escote.

Brooke aceleró el paso, pero él la alcanzó.

–Espera, ¿trabajas después de clase?

–¿Por qué? ¿Acaso necesitas ayuda con la trigonometría?

–No –contestó Nick sonriendo–. He aprobado por los pelos y eso es suficiente. Mientras vaya aprobando, puedo seguir en el equipo.

–¿Y eso es todo lo que importa?

–Para mí sí. No voy a ir a la universidad y no quiero trabajar con mi padre. Es el béisbol o nada. Bueno, ¿trabajas o no?

–Sí –contestó.

–Te llevaré a casa.

Estaba dispuesta a darle las gracias y a decirle que no, pero lo miró a los ojos y se llenó de esperanza. Su corazón quería decir que sí, pero se interpuso su cabeza.

–¿Por qué?

–¿Por qué qué? ¿Por qué quiero llevarte a casa?

Brooke frunció el ceño y asintió.

–Quizá me pille de camino –dijo y se acercó a ella–. O quizá me gustes –añadió bajando la voz.

Ella rio y desvió la vista. Nick se colocó ante ella para obligarla a mirarlo.

36

—¿Brooke?

Al oír de nuevo su nombre en sus labios, todo pensamiento racional desapareció.

—De acuerdo —contestó sonriendo.

Allí estaban de nuevo los hoyuelos de Nick, y se quedó sin respiración.

—Venga, mi coche está en el aparcamiento».

Aquellas últimas semanas de junio antes de la graduación habían sido un torbellino de emociones. Cada vez que Nick no tenía entrenamiento después de las clases, iba a su casa y se sentaban en el porche a hablar de cualquier tema. Se había enterado de muchas cosas de su infancia, y de sus sueños jugando al béisbol, y cada vez que le hablaba de su madre, lo hacía con orgullo y cariño. Cada día se había enamorado un poco más de él. Era la fascinación de una jovencita, pero los sentimientos por él habían sido reales. Nunca le había pedido una cita ni había intentado besarla, lo que contradecía su reputación. Había salido con las chicas más populares.

Se había resignado a ser la amiga de Nick del otro lado de la ciudad. Al llegar el baile de fin de curso, Brooke esperaba que Nick la invitara, pero Nick no le dijo nada, así que aceptó ir con el camarero que trabajaba con ella en el Cab Café. Gastó sus escasos ahorros en el vestido que llevó. Su madre la ayudó a peinarse y maquillarse. Al ver a Nick en el baile con Candy Rae, se le encogió el corazón. Aunque Nick nunca le había prometido nada, se sintió abatida, pero decidió no pagarlo con el pobre Billy Sizemore, su cita. Bailaron y bailaron, y se hicieron fotos.

Nada más salir del aseo de mujeres, sintió que la tomaban de la cintura y la acorralaban contra la pared de un apartado rincón del cuarto de baño.

–Nick, ¿qué estás haciendo?

–Solo quería saludarte.

Aparecieron los hoyuelos y Brooke sintió el deseo de tocarlos.

–Estás muy guapa –dijo estudiando su pelo y el vestido, antes de encontrarse con su mirada–. Tienes unos ojos increíbles.

Nick estaba muy guapo y lo tenía tan cerca que apenas podía respirar. Lo que no podía adivinar era por qué la estaba torturando.

–No quería venir con Candy Rae –le confesó–. Pero me lo hizo prometer hace meses.

–¿Y nunca rompes tus promesas?

–Intentó no hacerlo. Su madre llamó a mi padre la semana pasada para asegurarse de que mantuviera mi palabra.

–¿Por qué me lo estás contando?

–¿No lo sabes? –preguntó sorprendido.

Ella sacudió la cabeza.

Nick alargó la mano para acariciarle el pelo sin dejar de mirarla a la cara. Pasaron unos segundos antes de que inclinara la cabeza y la besara.

Brooke no podía creer que aquello estuviera pasando. Sus labios eran como los había imaginado: cálidos y tiernos, preludio y promesa de lo que estaba por llegar. Brooke llevaba tanto tiempo deseando aquello, que se quedó quieta disfrutando de las sensaciones que la embargaban.

Él la rodeó con los brazos y se encontró envuelta por Nick Carlino, por sus caricias, su olor y su cuerpo junto al suyo. Entonces, dejó de resistirse. Le devolvió el beso con todo lo que tenía dentro. Él la besó de nuevo, esta vez con más ansias, y se dejó llevar por el frenesí. El deseo, unido al amor que sentía por él, hizo que su mente se quedara en blanco. Él le separó los labios y le metió la lengua en la boca. Las sensaciones se dispararon y dejó escapar pequeños gemidos mientras la devoraba.

Por los altavoces se escuchó el anuncio del último baile.

–Tengo que irme –dijo con voz ronca.

Se apartó de ella y su mirada lastimera hizo que Brooke se sintiera esperanzada. Las cosas se habían descontrolado y supo que cuando se acostara esa noche, soñaría con Nick».

La enfermera Jacobs entró en la habitación para tomarle la tensión y la temperatura. Brooke esperó pacientemente, sentada en la cama, mientras aquella mujer madura de dulce expresión le sacaba el termómetro digital de la boca.

–Todo está bien. La tensión es normal y también la temperatura. ¿Algún mareo?

–Hace horas que no tengo mareos.

La enfermera se quedó tranquila.

–El descanso le está viniendo bien. Ahora tiene que comer. El señor Carlino me dijo que la cena estaría lista a las seis. ¿Cree que podrá bajar la escalera o prefiere que le suba algo?

–Oh, no, no hace falta. Bajaremos.

Leah empezó a estirarse y supo que su bebé estaba a punto de despertarse. Más tarde la sacaría a pasear.

–Es un bebé muy bueno y duerme muy bien –dijo la enfermera.

Leah soltó un lamento y Brooke se puso de pie para tomarla en brazos. Al instante la habitación comenzó a darle vueltas y se agarró a la cama para no perder el equilibrio. Cerró los ojos hasta que la sensación desapareció. La enfermera se acercó rápidamente a ella y la sujetó por la cintura.

–Se ha levantado demasiado deprisa. No haga movimientos bruscos. ¿Qué tal su cabeza?

–Mejor –contestó Brooke mirándola.

–Deje que me ocupe de Leah y siéntese. Le cambiaré el pañal antes de que le dé el pecho.

Una hora más tarde, Brooke se había duchado, cambiado de ropa y puesto colorete en sus pálidas mejillas. Le puso a Leah un vestido y unas sandalias a juego con los suyos y sonrió.

–Le sienta bien esa sonrisa. ¿Está mejor? –le preguntó la enfermera.

–Sí, estoy lista para bajar a cenar.

–Si puede bajar la escalera sola, me ocuparé de Leah.

–Yo ayudaré a Brooke a bajar –dijo Nick, apareciendo por una de las puertas que daban al pasillo.

Llevaba un polo negro que dejaba ver su piel bronceada y le resaltaba los músculos.

–Puedo arreglármelas.

La enfermera Jacobs le tocó el brazo.

–Deje que la ayude, Brooke. Por si acaso.

Brooke se quedó pensativa, pero no era momento para mostrarse obstinada.

–Está bien.

Nick esperó a que llegaran a la escalera antes de rodearla con su brazo por la cintura. Brooke se estremeció al sentir la firmeza de su contacto. Si la enfermera supiera el efecto que Nick le provocaba, no habría permitido que la ayudara.

–Me alegro de que hayas decidido bajar a cenar. Pensé que seguías enfadada conmigo por lo de antes.

–No puedo enfadarme. Estás siendo muy… cortés.

–Y eso no es típico de mí, ¿no?

–Sin comentarios –dijo Brooke, pero sonrió y Nick no pareció molestarse.

Una vez bajaron la escalera Nick las guio hasta la terraza, en donde la mesa estaba puesta bajo una pérgola soportada por columnas de piedra.

–Nos hemos quedado sin cocinero, así que he encargado la comida fuera. Si cocinara yo, acabarías volviendo al hospital.

–Está bien, gracias –dijo antes de tomar a Leah–. Ven aquí, pequeña.

En cuanto la enfermera le entregó la niña, la besó en la mejilla. Luego, la acomodó en su regazo. La pequeña seguía adormilada de su larga siesta.

El ama de llaves, Carlotta, hizo mucha fiesta al

ver a Leah, ofreciéndose a tenerla en brazos mientras Brooke cenaba. Amablemente rechazó su ofrecimiento. Quería tener cerca a Leah y había comido muchas veces con ella en su regazo.

Carlotta sirvió la comida y se aseguró de que no necesitaran nada. Brooke se quedó sorprendida de lo hambrienta que estaba, satisfaciendo sus ansias con una ensalada de langostinos, pasta primavera y pollo con una suave salsa. Comió con ganas mientras Nick y la enfermera hablaban acerca de la vida en Napa. De vez en cuando, Nick miraba a Brooke y sus miradas se encontraban. Una sensación de calor se extendió por todo su cuerpo, mientras pretendía no dejar que notara el efecto que tenía sobre ella.

Carlotta sirvió un postre preparado en el restaurante que la familia de Nick poseía. En cuanto Brooke hundió el tenedor en el bizcocho, el chocolate derretido escapó del interior. Leah le quitó el tenedor y un chorro de chocolate líquido fue a parar al pecho de Brooke. El bebé rio y dio un manotazo al pastel, volcándolo.

–¡Leah!

Brooke sacudió la cabeza mientras miraba la mancha de su blusa blanca y el charco de chocolate que su hija había dejado sobre la mesa. Carlotta y la enfermera corrieron a la cocina para reparar el estropicio, dejando a Brooke a solas con Nick.

–Mira lo que le has hecho a mamá.

El bebé rio de nuevo y Brooke sonrió, incapaz de enfadarse en aquella situación. Seguramente estaba hecha un desastre.

–Deliciosa –la interrumpió Nick, mirándola a los ojos.

Él se metió un bocado del pastel en la boca, pero sus ojos continuaron fijos en ella.

–Tenga, Carlotta me ha dado esto –dijo la enfermera al volver, dándole una bayeta húmeda–. Quizá no le quede mancha si se la limpia rápido.

–Será mejor que vaya arriba a quitármela y lavarla –dijo sujetando a Leah con una mano mientras con la otra trataba de limpiar las manchas de chocolate.

Carlotta volvió a la terraza con expresión afligida.

–Nick, tiene una visita.

Nick levantó la cabeza en el instante en el que una mujer morena aparecía.

–Hola, Nicky.

–Rachel –dijo Nick poniéndose de pie.

La mujer era espectacular, a pesar de ser algo mayor que Nick. Puso la mano en el hombro de él y se puso de puntillas para besarlo.

Brooke apartó la vista de aquella escena íntima. No pudo evitar preguntarse qué diría Rachel si supiera que la había besado allí mismo unas horas antes.

–¿Quiénes son tus amigas? –preguntó la mujer, mirando fijamente a Nick.

Nick hizo las presentaciones. Rachel dirigió la vista hacia donde Nick estaba mirando. Echó un rápido vistazo a Brooke y al bebé, y al instante reparó en la blusa manchada. Brooke alzó la barbilla y saludó a la novia de Nick con desenvoltura.

–Encantada de conocerte, Rachel.

–Rachel es la propietaria de Rock and A Hard Place.

–No me suena –dijo Brooke frunciendo el ceño

–Es un bar y una discoteca –explicó Rachel–. Lo abrí hace tres años –dijo mirando a Nick antes de volver su atención a Leah–. Es un bebé adorable.

–Gracias. Ahora mismo está hecha un desastre. Bueno, las dos lo estamos. Será mejor que suba arriba para limpiarnos.

Al levantarse de la mesa, la enfermera se acercó y tomó a Leah.

–Yo me ocuparé de ella.

–Gracias –dijo Brooke–. Os dejaré a solas. Disfrutad de la noche.

–¿Crees que estás bien para subir la escalera? –preguntó Nick mirándola a los ojos.

–Me siento mejor. Gracias por la cena. Al menos lo que he conseguido llevarme a la boca –dijo mirando su blusa–, estaba delicioso.

Nick abrió los ojos como platos y luego sonrió. Brooke se dio la vuelta, sintiendo su mirada en ella. Entonces, oyó a Rachel hacerle una pregunta con una sola palabra.

–¿Arriba?

Nick se apoyó en la balaustrada que miraba al valle, mientras daba un trago a su cerveza.

Su padre se hubiera avergonzado si hubiera visto todas las botellas de cerveza que tenía en la casa. Los Carlino no bebían cerveza, eran vinicultores. Su padre había llevado mal que ninguno de sus hijos fuese vinicultor. Una vez la madre de Nick falleció, los chicos habían tenido que soportar los continuos reproches de Santo Carlino acerca de cómo vivir sus vidas.

Tony y Joe habían conseguido escapar, pero Nick no había tenido tanta suerte. Su padre se las había arreglado para destruir su carrera antes incluso de empezar.

«Estoy embarazada, Nick. Tengo miedo y te necesito. Vuelve a casa», le había dicho Candy Rae por teléfono justo antes de su debut en un partido de la liga de béisbol.

Nick no podía volver a casa. Había sido fichado por los Chicago White Sox y tenía que jugar para demostrar su valía. A pesar de asegurarle a Candy Rae que volvería y que se ocuparía del problema tan pronto como pudiera, ella no había cejado en su empeño. Un día, Candy Rae se había presentado en el estadio y le había pedido en persona que volviera a casa. Estaba embarazada de seis meses y la prueba de que había un ser creciendo en su interior era evidente. No amaba a Candy Rae, pero había estado dispuesto a asumir su responsabilidad para criar a aquel bebé y que no le faltara nada. Eso no era suficiente para ella. Quería casarse y tener una casa. Candy Rae era una malcriada y armó un gran escándalo, llorando, gritando y pataleando. Discutieron y una hora después Nick salió a jugar al estadio de béisbol.

Distraído y enfadado, chocó contra un compañero al intentar recoger una bola y se dislocó el hombro.

–Debería haber sido pan comido –murmuró Nick y dio un trago a su cerveza, pensando en aquel partido y en su recuperación.

La casa estaba en calma. Solo había unas cuantas estrellas en el cielo y el silencio que lo rodeaba lo hizo sentir desolado y decepcionado. Su vida podía haber sido muy diferente.

Más tarde ese mismo verano, se había enterado de que el bebé de Candy Rae no era suyo. También se había enterado de que su padre estaba detrás del engaño. Habían conspirado juntos para conseguir lo que ambos querían: que Nick volviera a casa en Napa. Candy Rae afirmaba amarlo y Santo quería preparar a su hijo para hacerse cargo del negocio familiar.

Después de aquella lesión, su contrato para jugar en la liga quedó rescindido y todavía pensaba que su padre había tenido algo que ver en todo aquello. Santo era un manipulador sin escrúpulos. Había tenido fama de ser un hombre de negocios despiadado y su empresa siempre iba por delante.

Después de aquel fracaso, se había marchado del país durante unos años, convirtiéndose en el representante de Carlino Wines para los mercados europeos. Era lo único que había podido hacer por la empresa familiar porque además de tiempo, había necesitado distanciarse de Santo. Nick había desarrollado otros negocios en el extranjero, principalmente en el terreno inmobiliario, y se había convertido en millonario por derecho propio.

Nick escuchó unos pasos y se giró. Brooke salió de la casa, descalza y con una bata de seda, y dio unos pasos por la terraza. Llevaba el pelo suelto sobre los hombros. Todavía no lo había visto puesto que estaba en la penumbra. Podía aprovechar para mirarla sin que se pusiera a la defensiva. Las lámparas de la terraza le proporcionaban un halo de luz. Sus movimientos eran elegantes mientras avanzaba por la terraza. Parecía preocupada, como si estuviera buscando tranquilidad. Al verlo, se sobresaltó.

—Oh, lo siento. Pensé que tan tarde no habría nadie.

—Lo mismo pensé yo. ¿No podías dormir?

—No tengo sueño. Creo que dormí demasiado esta tarde. Parece que estés disfrutando de la tranquilidad. Volveré arriba —dijo y se dio la vuelta.

—No te vayas.

Nick maldijo para sus adentros. Lo mejor sería que se fuera. Ella se detuvo, pero no se giró para mirarlo.

—Debería subir.

Nick se apartó de la barandilla y se acercó hasta ella, lo suficientemente cerca como para susurrarle al oído.

—Deberías, pero no quiero que lo hagas.

Nick la rodeó por la cintura y la atrajo hacia él. Sintió que temblaba entre sus brazos.

—¿Qué ha pasado con Rachel?

—Quería algo que no podía darle. Pretendía que fuese suyo —dijo, y apartándole el pelo, la besó en la nuca—. Y tú ¿todavía me guardas rencor?

–No es rencor, ya te lo he dicho.

–Entonces, ¿de qué se trata, Brooke?

Ella se giró para mirarlo. Nick sintió un estremecimiento al sentir que aquellos bonitos ojos lo estaban observando.

–¿Qué más da?

Brooke dirigió al interior de la casa.

Nick salió tras ella.

Brooke se detuvo en el salón y lo miró.

No sabía por qué quería aclarar las cosas con él.

–Demonios, Brooke, no seas tan dura. Háblame.

Brooke miró al sofá y frunció los labios.

–Tal vez sea el cansancio. Creo que me va a dar un mareo.

–Siéntate –dijo él con voz tranquila.

Brooke se sentó en el sofá y él tomó asiento frente a ella. Una mesa los separaba. La habitación estaba a oscuras y una tenue luz se colaba desde la terraza.

–Eres la última persona a la que esperaba volver a ver.

–Eso lo sé. Ahora dime por qué.

Capítulo Cuatro

Los recuerdos de Brooke de aquella noche en la que su vida había cambiado para siempre regresaron. No era lo que Nick había hecho, sino lo que no había hecho lo que le había destrozado su joven corazón.

Unos golpes en la puerta sacaron a Brooke de su profundo sueño. Corrió por el pasillo en camisón. Dudó unos instantes tras la puerta hasta que oyó su voz.

–Brooke, soy yo, Nick. Venga, abre.

Su voz sonaba alterada e inmediatamente abrió la puerta.

Allí estaba, bajo la luz de la luna, sonriendo de oreja a oreja. Entonces se sintió viva. Al instante sonrió, contagiada por su alegría.

–Nick, ¿qué pasa?

La levantó en sus brazos y dio vueltas en círculos.

–¡Lo he conseguido! Voy a jugar en la primera liga. Me han contratado los White Sox.

Antes de que Brooke pudiera reaccionar, la dejó en el suelo, tomó su rostro entre las manos y la besó con tanta intensidad que pensó que seguía flotando.

–Nick, eso es estupendo. Es lo que querías.

–Lo sé. Me voy a Charlotte a jugar con los Knights. El entrenador dice que si juego bien, no tardaré mucho en estar en la liga nacional.

–Oh, Nick, estoy segura de que lo conseguirás.

Sin que él lo supiera, había ido a un partido a verlo jugar. Era la estrella del equipo.

–He venido enseguida para contártelo. Quería que fueras la primera en saberlo.

¿Se lo había contado a ella antes que a sus amigos? Una intensa emoción se apoderó de ella y cuando volvió a besarla, el mundo de Brooke se volvió del revés.

–Te deseo, Brooke –dijo abrazándola por la cintura–. Siempre te he deseado.

Empezó a besarla en la frente, los ojos, la nariz y las mejillas, antes de devorar su boca con otro beso que hizo que su cuerpo ardiera en llamas.

–Mi madre está de viaje –le susurró.

Nick no perdió ni un segundo.

–¿Dónde está tu habitación?

Brooke lo llevó hasta allí y se quedó de pie junto a la cama. Él sonrió, le quitó el camisón y tomó sus pechos entre sus manos. Aquella agradable sensación la hizo estremecerse. Sus dedos hábiles acariciaron sus pezones y cuando lo hizo con la boca, Brooke cerró los ojos, entregándose a aquella exquisita y dulce tortura.

A los pocos segundos, Nick la tenía desnuda en la cama. Después, se quitó la camisa y se unió a ella. Estaba contenta de haber esperado, de que su primera vez fuera con Nick, el chico que durante tanto tiempo le había parecido inalcanzable. Allí estaba, deseándola.

Lo amaba con tanta intensidad que se sorprendía. Sus caricias la hicieron perder el control. La besó una docena de veces, volviéndola loca con su lengua, mientras acariciaba cada centímetro de su cuerpo.

Sintiéndose torpe e inexperta, Brooke no supo qué hacer. ¿Debería devolverle las caricias?

–Está siendo una noche estupenda… me refiero a estar contigo –dijo besándola en el cuello.

Sus palabras hicieron que todas sus inseguridades se desvancieran.

Deslizó su mano más abajo buscando su calor y Brooke sintió como si una descarga eléctrica le recorriera el cuerpo. Nunca había sentido nada como aquello. Nick parecía saber cómo encontrar sus puntos más sensibles, acariciándola hasta dejarla sin respiración.

La sensación fue en aumento y se arqueó, dejando escapar unos gemidos de sus labios. Nick la acarició con más intensidad, provocándole un orgasmo. Su mirada se tornó oscura y la miró con deseo. Brooke lo oyó murmurar unas palabras, pero no entendió lo que decía hasta que dejó de sentir la última sacudida.

–¿Tienes protección?

Ella lo miró y sacudió la cabeza.

–No, quiero decir que yo no…

Él se levantó y buscó en su bolsillo. Algo lo hizo

detenerse. Nunca olvidaría la expresión de su rostro al observarla desnuda en la cama.

—¿Nick?

Sintió pánico y se le hizo un nudo en el estómago.

Él se quedó mirándola de arriba abajo y esta vez Brooke se sintió desnuda y solitaria. Entonces, lo impensable ocurrió. Nick sacudió la cabeza, cerró los ojos y respiró hondo.

—No puedo hacer esto, Brooke. Voy a tener que irme.

—¡Nick!

Asustada, Brooke se incorporó para agarrarlo. Para su horror, Nick dio un paso atrás, como si le repulsara tocarla.

—Tengo que irme, Brooke. No puedo, lo siento.

Brooke lo vio recoger su camisa y salir de su habitación.

—¿Brooke? —la llamó Nick, mirándola con atención.

Un repentino ataque de ira ahogó las palabras que quería decirle. Quería irse de su casa y olvidar que había vuelto a encontrarse con él.

—Aquella noche en que te contrataron, me hiciste daño, Nick.

—Nada de aquello se suponía que iba a pasar.

Había tenido esperanzas, pero esas esperanzas habían quedado desvanecidas. Ni siquiera había sido lo suficientemente buena como para tener una aventura de una noche. La había rechazado y la había dejado allí tumbada, desnuda, vulnerable y humillada.

—¿Cómo crees que me sentí cuando me dejaste?

—Deberías haberte sentido aliviada —dijo Nick muy serio.

—¿Aliviada? ¿Cómo puedes decir eso? Viniste a mi casa esa noche con una idea en la cabeza.

—Las cosas no deberían haber llegado tan lejos, Brooke. Me di cuenta y me fui antes de que cometiéramos un error.

—¿Un error?

Brooke sintió que se encogía por dentro. Ahora resultaba que ella era un error. Aquella conversación iba de mal en peor y Brooke deseaba gritar de la desesperación.

Nick se echó hacia delante, apoyando los codos en las rodillas.

—Eras muy especial para mí, Brooke y…

—Era una amiga más.

—No, eras la chica que más me gustaba y la que no podía tener.

—No lo entiendo —dijo Brooke sacudiendo la cabeza—. Te debe de estar fallando la memoria.

—Eres lista, luchadora y guapa. Escucha, quizá por entonces tuviera una reputación que…

—Parecida a la que tienes ahora —lo interrumpió.

—Cierto, pero no quería meterte en el mismo saco de las otras chicas con las que salía.

—Nunca saliste conmigo. ¿Vas a decirme que fue porque era muy especial?

—Tenía miedo de ti.

Su enfado fue en aumento. Sus cumplidos no significaban nada para ella.

—Déjalo ya, Nick. ¿Por qué no admites la verdad? No tenía nada que ver con las otras chicas de tu lista. Conseguiste desnudarme y luego te diste cuenta de que podías conseguir algo mejor. ¿No es eso lo que pasó? No tenía experiencia y, no sé, quizá no lo estaba haciendo bien y tú…

—Deja que te lo aclare —dijo él entre dientes—. ¿Estás enfadada porque no pasamos la noche fornicando como conejos? Estaba intentando ser cortés, hacer lo correcto y ¿estás enfadada porque no te robé tu virginidad?

—Sentía algo por ti —dijo ella levantando la voz—. Quería que mi primera vez fuera contigo.

—Y yo no quería usarte. Maldita sea, para una vez que hago lo correcto… Escucha, Brooke: no iba a quedarme. En aquel momento, mi vida era el béisbol. A la semana siguiente me iba. Y sí, me asustabas porque de todas las chicas con las que había estado, tú eras la única que podía atarme. Fuiste la única a la que eché de menos cuando me fui. No habría funcionado. No quería hacerte daño, nunca lo pretendí.

—Pero me lo hiciste —dijo ella—. Me dejaste asolada, Nick. No volví a saber de ti.

Nick rodeó la mesa y se sentó junto a ella. A pesar de la escasa luz, Brooke pudo ver lástima en sus ojos.

—Lo siento. Pensé que hacía lo correcto. Nunca me he contenido cuando he deseado algo, pero lo que hice aquella noche, lo hice por ti. Te deseaba, Brooke, pero no habría sido justo para ti.

Brooke quería creerle y olvidar aquellas amargas sensaciones que la habían acompañado durante tantos años. Tenía un futuro por delante con Leah. Finalmente se resignó a aceptar la verdad tal y como Nick la entendía.

–Está bien, Nick.

Aun así, no era suficiente para compensar los meses de angustia, pero por fin se daba cuenta de que había llegado el momento de pasar página.

–De acuerdo, ¿ha quedado todo claro?

–Sí –dijo ella asintiendo.

Permanecieron sentados en silencio un rato, asimilando la conversación.

–Creo que estoy bien como para irme mañana –dijo Brooke–. Me espera una nueva vida –añadió, levantándose del sofá–. Tengo que irme.

–Ya veremos.

Brooke vistió a Leah con un conjunto de lunares azules y blancos. Mientras canturreaba una canción infantil, la peinó, sonriendo al ver que los rizos volvían a dispararse en cuanto dejaba de pasar el peine. La mañana prometía. La conversación con Nick la noche anterior había sido muy interesante y se había despertado de mejor humor y dispuesta a olvidar el pasado.

–Va a ser un día estupendo, pequeña –dijo levantando a Leah y dando vueltas con ella.

Sintió un ligero mareo y se detuvo, sujetando con fuerza a la niña.

La enfermera entró en la habitación.

—Es hora de tomarle las constantes vitales —le dijo a Brooke.

Brooke accedió y se dejó tomar la tensión y la temperatura. Cuando la enfermera terminó de examinarla, la miró sonriente.

—Parece que ha descansado.

—Hoy me siento mucho mejor.

—Hace un momento que se ha mareado.

Brooke pensaba que no la había visto.

—Ha sido una tontería por mi darte dar vueltas con Leah. No volveré a hacerlo. Vamos a bajar a desayunar.

—De acuerdo, yo bajaré a Leah por la escalera.

—Lo cierto es que quisiera hacerlo yo —dijo Brooke y al ver la mirada entornada de la señora Jacobs, añadió—: Bajaremos juntas.

Una vez listas, ambas se dirigieron a la cocina. Escucharon el sonido de los armarios al abrir y cerrar, y a Nick soltar palabrotas. Olía a tostadas quemadas. Brooke entró con Leah en brazos y echó un vistazo al desaguisado de la cocina. Allí estaba Nick, vestido con unos vaqueros y una camiseta blanca que acentuaban su porte masculino. Parecía disgustado.

Brooke enseguida sonrió.

—Carlotta tiene la mañana libre y, aunque no cocina bien, al menos sabe hacer tostadas y poner agua a hervir. Parece que yo no soy capaz de hacer ninguna de esas dos cosas.

—Tienes una cocina impresionante —dijo Brooke fijándose en los modernos electrodomésticos—. ¿No tienes cocinero?

–No desde que mi padre falleció. La cocinera se jubiló y nos las hemos arreglado sin ella hasta ahora. Tony se ha marchado y Joe pasa su tiempo en la oficina o con su novia. Me las he arreglado para comer y he hecho algunas entrevistas, pero todavía no he encontrado a nadie para el puesto –dijo y descolgó el teléfono–. Voy a pedir que nos traigan algo. ¿Qué les apetece a las señoras de desayuno?

–El golpe en la cabeza no ha afectado mis habilidades culinarias. Prepararé el desayuno –dijo Brooke–. Es lo menos que puedo hacer. Tendré preparado el desayuno en media hora. Ten, sujeta a Leah mientras echo un vistazo a tu nevera.

Dejó a Leah en brazos de Nick y su hija se acurrucó. Nick se sentó en la mesa de la cocina con Leah aferrada a su camisa.

Brooke abrió las puertas de la nevera y empezó a sacar ingredientes.

–Está bien surtido.

Brooke se enfrascó en la tarea, disfrutando durante el proceso. Enseguida se dispuso a preparar unas tortillas y una macedonia de frutas. Puso café en la cafetera y mientras cocinaba, la señora Jacobs puso la mesa.

–¿Qué tal Leah? –preguntó.

No había quitado el ojo de Nick y su hija.

–¿Es siempre tan inquieta? –preguntó Nick mientras la pequeña trataba de escalar por su pecho–. Creo que me gusta más cuando está durmiendo.

–Es un ángel cuando está durmiendo –dijo Brooke sonriendo–. Muy bien, ya está todo listo.

Todavía había tensión entre ellos, pero no lo tendría que soportar mucho más puesto que iba a irse ese día. Estaba ansiosa y emocionada ante la idea de abrir su propio negocio.

Sirvió los platos y se quedaron en silencio. Con Leah en su regazo, probó la tortilla. No estaba mal. Luego miró el plato de Nick. Ya se había acabado la tortilla.

–¿Quieres más? –preguntó ella.

Unos minutos más tarde le hizo una segunda tortilla mientras la enfermera se llevaba a Leah para dar un paseo.

Nick se inclinó sobre el mostrador y miró cómo mezclaba los huevos con pimiento, cebolla, aguacate, jamón y queso.

–Anoche quedó todo claro. ¿No más rencores?

Brooke se encontró con su mirada y esperó que el dolor, la ira y la amargura aparecieran. Al ver que eso no ocurría, se le levantó el ánimo. Nick y ella venían de entornos diferentes. No estaban destinados a estar juntos y quizá, tal vez quizá, él le había concedido aquella noche.Nick estaba fuera de su alcance. No era un hombre con el que sentar la cabeza.

–No más rencores. Pero tenemos que hablar de algo más. ¿Has sabido algo del mecánico?

–Sí. Tu coche sobrevivirá –dijo él frunciendo el ceño.

–Eso es estupendo.

Dio la vuelta a la tortilla y la levantó con la espátula. Luego tomó el plato de Nick de la mesa y le sirvió la tortilla.

Nick tomó el tenedor y empezó a comer.

–¿Cómo lo haces? Es mejor que la anterior y eso que la primera tortilla estaba buenísima.

–No se me da mal. ¿Cuánto va a costar la reparación?

–Eso ya está arreglado.

–No, Nick. Nuestros coches han quedado dañados y pienso pagar. ¿Te han dado un presupuesto?

–Sí

–¿Dónde está? Enséñamelo.

Nick se rascó la cabeza y se quedó mirándola. Luego sacó de su bolsillo unos papeles de un taller, los desdobló y los dejó sobre la encimera.

–¡Trece mil dólares por tu coche! ¡Con ese dinero se puede comprar uno nuevo!

–Mi seguro lo cubrirá.

Aliviada al oír aquello, Brooke echó un vistazo al presupuesto de su coche.

–Cuatro mil ochocientos dólares.

Tendría que usar parte del dinero que había ahorrado para poner en marcha su negocio y hacer las reformas necesarias en la casa. Tendría que olvidarse de pintar y de arreglar los baños. Aun así, no podía hacer aquellas reparaciones sin su coche.

–¿Cuándo estará listo mi coche?

–Quizá deberías hacerte con otro coche. Randy dice que está en el límite. Puede arreglarlo, pero no merece la pena.

–No puedo permitirme otro coche.

Molesta porque Nick pensara que para ella era sencillo comprarse un coche, se dio media vuelta y trató de contenerse limpiando la sartén.

–Brooke, date la vuelta –dijo Nick después de un largo minuto de silencio, y ella obedeció–. Escucha, tengo un Lexus de 2006 en el garaje que no uso y cuyo seguro está pagado hasta fin de año. Es tuyo si quieres.

Ella rio, sacudiendo la cabeza.

–Sí, vas a darme un coche como si tal cosa.

–Vas a ganártelo.

–¿Voy a ganármelo? –dijo borrando la sonrisa de sus labios.

–Cocinando –explicó él. Necesitas un coche y yo necesito una cocinera. Carlotta estará encantada de tenerte aquí.

–No, no funcionará. Tengo un trabajo. Voy a estar todo el tiempo en casa de mi tía. Ahora será mi casa.

–Tú has dicho que no está en condiciones. Puedes quedarte aquí mientras la acondicionas. Solo te necesito para el desayuno y la cena. Podrás pasar el resto del día trabajando en tu casa.

–No voy a quedarme aquí.

–No deberías haberme hecho esa tortilla, Brooke. Necesitas un coche y yo estoy harto de comer en restaurantes. Ambos salimos beneficiados. Piénsatelo.

No quería pensar en ello, pero era una oferta muy buena para dejarla pasar sin más.

–¿Cuánto tiempo tardaré en ganarme el coche?

–El que tardes en arreglar tu casa. ¿Un par de meses?

–Es muy generoso por tu parte, pero no puedo…

Ella cerró los ojos, recordando que el accidente podía haber tenido peores consecuencias.

–Piensa en Leah –añadió él.

Brooke estaba pensando en Leah continuamente. Tampoco podía quitarse de la cabeza el accidente. No quería aceptar la oferta de Nick, pero tenía que pensar en la seguridad de Leah. Para cuidar de su hija, antes tenía que cuidar de sí misma.

Brooke buscaba independencia y no quería deberle nada a nadie. Nick tenía razón. No le quedaba más remedio que darse por vencida.

–Ese es un golpe bajo, Nick. Sabes que siempre antepondré el bienestar de Leah. ¿Qué sacas tú de esto?

–Comer bien y que mi ama de llaves no se marche. ¿Trato hecho?

–Dame las llaves y dime qué quieres para cenar.

–¿Estás de broma, verdad? ¿Ahora vive contigo Brooke Hamilton? Pensé que era algo temporal.

Joe miró a Tony durante la reunión mensual en las oficinas Carlino del centro de Napa. Sus dos hermanos sacudieron la cabeza con gesto de desaprobación.

–Eres bueno, hermanito –dijo Joe–, pero no pensé que lo fueras tanto. Diste con ella, ¿hace cuánto, veinticuatro horas?

Nick no solía dejar que los comentarios de sus hermanos le afectaran y en aquel momento no estaba de humor para sus ocurrencias.

–Hace dos días, y siendo más exactos, fue ella la que chocó con mi Ferrari. Está trabajando para mí para saldar su deuda. Es complicado.

–Tan complicado como una rubia de bonitos ojos azules.

–Te gustaba en el instituto –dijo Joe.

–Tiene un bebé –dijo Nick poniéndose a la defensiva.

–¿Crees que eso va a detenerte? –preguntó Tony.

–Por supuesto.

Nick no tenía madera de padre. Se parecía tanto a su padre que sabía que no sería mejor que él. Nunca había querido tener hijos.

–Nosotros pensamos que no –dijo Tony, acomodándose en su asiento, antes de mirar a Joe.

–Entonces os equivocáis –dijo Nick, dispuesto a cambiar de conversación.

Después del engaño de Candy Rae, Nick había perdido la fe en el sexo contrario. No sería tan tonto como para volver a confiar en una mujer. Su sueño se había estropeado por culpa de las mentiras de Candy Rae y de las manipulaciones de su padre.

A Nick le gustaban las cosas sencillas y tratar con Brooke y sus problemas solo le complicaría más la vida.

–¿Quieres hacer una apuesta?

–¿Por cuánto?

–¿Y si no lo hacemos por dinero? –dijo Joe incorporándose en su asiento–. ¿Y si apostamos algo más importante?

–¿Como qué? –preguntó Nick frunciendo el ceño.

–Como que si te enamoras de ella, tomarás el control de la compañía.

Nick se echó hacia atrás.

–Me gusta –dijo Tony–. Nick Carlino, presidente.

–No tan rápido, todavía no he aceptado. Y si gano yo, ¿qué consigo?

–Fácil, si ganas tú y no te enamoras de esa preciosa mujer y su hija, quedarás completamente apartado. Mantendrás tu parte de la compañía, pero no tendrás que dirigirla –dijo Joe y miró a Tony–. ¿Os parece justo?

–Sí –contestó Tony–. Si ganas, será entre Joe y yo.

–Dices que si me enamoro de Brooke. Define enamorar.

–Amor, matrimonio y cochecitos de bebé.

Nick sonrió. Nunca antes había estado enamorado. No se creía capaz de estarlo y casarse no estaba entre sus planes. Solo porque sus hermanos hubieran encontrado sus almas gemelas no significaba que Nick quisiera seguir sus pasos. Él no era como sus hermanos.

–Acepto la apuesta –dijo Nick, deseando estrechar la mano con sus hermanos–. Gracias por ponérmelo tan fácil.

Joe miró a Tony y ambos sonrieron.

Nick se encargaría de borrarles la sonrisa del rostro y sería libre para vivir su vida como quisiera. De ninguna manera iba a dejar que una mujer y su hija interfirieran en sus planes.

Capítulo Cinco

Aquel Lexus era un coche estupendo, pensó Brooke acariciando el asiento de cuero negro. Estaba deseando ponerse detrás del volante y conducirlo. Se sentó en el asiento del pasajero y observó a Nick conducir mientras se dirigían a la consulta del doctor Maynard.

No quería dejarle el coche hasta que el médico le diera el visto bueno.

–Le compraremos un asiento a Leah para el coche después de la cita con el médico. Así no tendrás que volver a dejarla en casa.

–Gracias por lo que estás haciendo, Nick.

–De nada. Además, ahora yo también saco beneficio –dijo y guiñó un ojo.

–Estoy deseando cocinar para ti.

–Esa es la actitud –dijo él.

–¿Qué quieres de cena?

–Primero, vamos a ver qué dice el médico. Si todo está bien, dejaré que me sorprendas.

–Todo estará bien.

–Desde aquí, todo se ve bien –dijo mirándola de arriba abajo.

Brooke se recordó que no debía estremecerse. No estaba dispuesta a rendirse ante su encanto otra vez.

Treinta minutos más tarde, el doctor Maynard le dio el visto bueno después de examinarla.

—Hoy me siento mucho mejor —dijo Brooke, mientras la acompañaba al salir de la consulta.

—Estupendo, pero recuerde tomárselo con calma —dijo el médico—. No haga esfuerzos.

—No los haré.

Nick se levantó al ver llegar al doctor a la sala de espera. Los dos hombres se dieron la mano.

—¿Y bien? —preguntó Nick.

—Estoy perfectamente.

Nick sonrió y aparecieron sus hoyuelos. Ella evitó reparar en ellos, convenciéndose de que la emoción que sentía era porque ya podía empezar a trabajar en la casa.

—Por cierto, doctor Maynard —dijo dirigiéndose al médico—. ¿Podría recomendarme un pediatra?

—Claro —contestó y tomó una tarjeta del mostrador de recepción—. La doctora Natalie Christopher. Es excelente y está en este mismo edificio.

—Muchas gracias por todo —dijo Brooke leyendo la tarjeta.

—Cuídese —dijo el doctor antes de girarse hacia Nick—. Nos veremos el viernes.

Brooke se acercó al mostrador de recepción con la chequera en la mano.

—¿Cuánto le debo?

—Nada.

—¿Nada? Pero...

—Eso ya está resuelto —dijo Nick tomándola del brazo.

—¿Has pagado por mí?

—No exactamente. El doctor me debía un favor y hemos quedado en paz.

—¿Cómo? No puedo dejar que hagas eso —dijo alzando la voz y llamando la atención de los pacientes que estaban en la sala de espera.

—Ya está hecho, Brooke. Confía en mí. Venga, tenemos que ir a comprar la silla de bebé para el coche.

No quería montar una escena en la sala de espera, así que salió de la consulta. No sabía por qué estaba tan enfadada con Nick. Había estado muy atento con ella desde el accidente, así que ¿por qué se ponía continuamente a la defensiva con él? ¿Sería porque todavía la hacía estremecer con solo una mirada o una sonrisa? ¿Sería porque tenía todo el dinero, el atractivo y el encanto que todo hombre deseaba tener? ¿O porque siempre parecía estar al mando, ocupándose de todo? No quería depender de él, aunque últimamente había dejado que Nick le hiciera la vida más fácil. No duraría y no quería acostumbrarse a que estuviera ahí para ella. A la larga, sabía que no podía contar con Nick.

Una vez en el aparcamiento, Nick la tomó de la mano y la miró a los ojos. Estaba muy guapo y tenerlo cerca complicaba la vida. Sintió una gran emoción por su roce, aunque sabía que debía apartar la mano.

—Es todo tuyo —dijo Nick entregándole las llaves—. ¿Quieres conducir, verdad?

Brooke asintió, conteniendo las lágrimas. ¿Por qué se había puesto tan sentimental? Quizá porque Nick Carlino le acababa de dar un coche. Sabía que sus habilidades culinarias no eran suficiente para pagar por aquel coche. Era la cosa más amable que nadie había hecho por ella.

Cuanto más trataba de contenerse, más se le humedecían los ojos.

Nick la miró extrañado y luego la atrajo entre sus brazos.

–Venga, es solo un coche.

–No es solo un coche –balbució, sintiéndose una tonta.

¿Por qué no podía ser el bastardo al que había odiado durante tantos años y dejarla en paz?

–Es más que el coche… Es seguridad para Leah y para mi futuro y…

–No llores –dijo, tomándola de la barbilla para que lo mirara.

Nick se inclinó y la besó suavemente en los labios.

Fue un roce cálido y dulce, con la intención de reconfortarla. Brooke se sintió segura y protegida. Suspiró y por unos instantes se dejó llevar por sus sentimientos hacia Nick. No serviría para nada contenerse, así que se rindió a aquellas emociones y tomó lo que él le ofrecía.

Cuando volvió a inclinarse, ella apoyó la cabeza en su pecho, evitando otro beso.

–A los hombres no les gusta ver a las mujeres llorar –susurró.

Nick la tomó por la barbilla y la obligó a mirarlo.

–¿He hecho algo mal?

–Al contrario, has hecho algo bueno.

Él bajó la mirada hasta su boca.

—Y para que conste, no es por eso por lo que te he besado. Lo he hecho porque eres una mujer valiente y sincera, que ha pasado por mucho estos últimos días y…

—¿Y qué?

—Nada —dijo Nick apartándose—. Es solo que creí que necesitabas un beso —añadió y se dirigió al lado del pasajero—. ¿Estás lista para probar el coche?

Sorprendida por el repentino cambio de Nick, no le quedó más remedio que controlar sus emociones.

—Por supuesto que lo estoy.

Se metió en el coche, giró la llave y encendió el motor. Luego miró a Nick. Él la miró un instante, como si tratara de adivinar algo, y luego señaló la carretera.

—Es todo tuyo, Brooke.

De pronto se puso nerviosa. Quizá no estuviera lista todavía. Empezó a sentir miedo al recordar el accidente. Nunca había sufrido un ataque de pánico, pero era posible que estuviera a punto de hacerlo.

—Es la primera vez que me pongo detrás de un volante desde el accidente.

—Las primeras veces siempre son duras. Estate tranquila y todo irá bien. Ahora, toma el volante, mete la marcha y aprieta el acelerador.

—Muy bien, pero no exageres. Sé conducir.

—Ahí está mi chica —dijo Nick sonriendo—. Vamos.

Brooke salió del aparcamiento. Nick tenía razón, lo estaba haciendo bien.

–Ya está, Brooke –dijo él después de unos minutos conduciendo.

–Gracias.

Ella suspiró y se preguntó cómo lo habría hecho si no hubiera tenido a Nick sentado a su lado, animándola. A medida que avanzaba, se sentía cada vez más confiada. Lo único que necesitaba era quitarse de la cabeza aquel comentario de «mi chica» para que la vida volviera a la normalidad.

Nick ayudó a Brooke a colocar el asiento de coche para el bebé y se sorprendió de lo que complicado que era.

–Luego lo revisaré –dijo Brooke–, así que asegúrate de que está bien puesto.

–Creo que de aquí no se mueve –dijo Nick, dando un último tirón a las correas.

–Hay que estar seguro –dijo ella mirando con preocupación la silla.

Brooke estaba muy guapa con el pelo recogido en una coleta y sus rizos rubios cayéndole por los hombros. Llevaba una camiseta suelta, unos vaqueros y unas chanclas. Estaba acostumbrado a mujeres con ropa atrevida que dejaran poco lugar a la imaginación, así que no debería resultarle excitante. Pero había descubierto que cualquier cosa que se pusiera Brooke, le parecía sugerente.

–Gracias por ayudarme a colocarlo –dijo–. Quizá la experiencia te resulte útil algún día.

–Lo dudo.

–No estés tan seguro, Nick, tal vez cambies de opinión –dijo y miró su reloj–. ¿A qué hora sueles cenar?

–Suelo acabar de trabajar a las siete.

–Esta noche te sorprenderé –dijo, provocándole una sonrisa.

Nick recordó el beso que le había dado en el aparcamiento aquella misma tarde. Había sido una sorpresa. Había pretendido tranquilizarla, pero no había esperado sentir aquel desconcierto por el beso o por abrazarla y reconfortarla. No había sido capaz de detenerse y a cambio había obtenido la satisfacción de protegerla y tranquilizarla. Era una sensación que le había agradado y que nunca antes había experimentado.

Se rio para sus adentros de aquella idea. Tan solo unas horas antes, había hecho una apuesta con sus hermanos. Estaba tan seguro de que ganaría, que había empezado a hacer planes para su regreso a Montecarlo en otoño. Tenía una casa allí y pensaba quedarse a vivir en ella una vez que la reforma estuviera hecha, probablemente para finales de septiembre.

Para entonces, Tony y Rena habrían tenido a su hijo; Joe se habría casado con Ali; y Nick sería libre para ir y venir como quisiera. No tendría ataduras ni nadie con quien contar salvo consigo mismo.

A Nick le rugió el estómago al admitir que estaba deseando volver a disfrutar de comida casera. Su madre había sido una excelente cocinera y recordaba haberse deleitado de niño con los deliciosos aromas a ajo y romero de la cocina. Había sido una santa mitigando el temperamento de Santo. Mientras su madre había vivido, la casa había sido un hogar. Nick casi había olvidado aquella sensación.

–Creo que ha llegado la hora de despedirse de la señora Jacobs –dijo Brooke con tristeza, mientras observaba a la enfermera paseando con Leah por el jardín de la casa–. Es una mujer muy dulce.

–¿Estás segura de que no la necesitas más tiempo? –preguntó él.

–Estoy segura –afirmó con rotundidad.

La enfermera interrumpió la conversación al acercarse con Leah en su sillita.

–Creo que ya quiere comer.

–Está bien –dijo Brooke, inclinándose para tomar al bebé en brazos–. ¿Cómo está mi pequeña? ¿Has disfrutado del paseo?

Leah se agarró a su madre y luego miró a Nick con sus grandes ojos azules y le sonrió.

–La llevaré dentro y le daré de comer. Luego prepararé la cena.

Brooke se fue con el bebé y Nick se quedó ante la casa junto a la enfermera.

–El doctor le ha dado el visto bueno a Brooke. Quiero darle las gracias por todo lo que ha hecho.

–De nada, ha sido un placer para mí. Pocas veces tengo la ocasión de cuidar de una joven familia. Leah es preciosa.

Nick asintió cortés.

–Brooke es una joven muy dispuesta –continuó la enfermera–. Es difícil ser una madre soltera. Espero que encuentre a alguien con quien compartir su vida –dijo, dirigiéndole una mirada significativa–. Cuidará de ella como amigo que es, ¿verdad?

Otra vez la palabra amigo. A Brooke no le gustaría que su relación fuera catalogada así. No sabía cómo llamarla, pero amigos no eran.

–Trabajará aquí una temporada, así que no se preocupe –contestó Nick.

–Entraré a despedirme.

Estrechó su mano y le dio las gracias una vez más, dejando a Nick a solas con sus pensamientos.

Brooke dio el pecho a Leah. Sabía que muy pronto el pediatra le diría que empezara a darle alimentos sólidos. Leah cada vez tenía más apetito y necesitaba ampliar su dieta. Brooke bajó la mirada hacia su hija. Echaría de menos darle el pecho, momento en que se olvidaba de todo lo demás y disfrutaba de aquel rato tan especial con su bebé.

Cada vez que pensaba en el padre de Leah, Brooke se sentía culpable. Su exmarido no sabía que tenía una hija, no tenía ni idea de que Leah existía. Una voz en su cabeza le decía que tenía derecho a saberlo, pero al final siempre ganaba el miedo. Tanto el miedo como la rabia eran los motivos por los que le había ocultado la verdad a Dan.

Su matrimonio no había sido perfecto, pero nunca había pensado que su marido fuera capaz de decepcionarla de aquella manera. Ante sus narices, Dan había mantenido una aventura con otra mujer. Se había estado acostando con ambas.

La traición le había pillado por sorpresa y no se había sentido con ánimo para decirle que estaba embarazada, especialmente después de que le dejara claro que ya no la amaba. Pero en el fondo sabía que algún día iba a tener que contarle la verdad. Esperaba que ese día no llegara pronto.

Brooke bajó con Leah a la cocina y la dejó en el parque que había junto a la isla de granito en mitad de la habitación.

–Mira a mamá cocinar.

Leah la miró con curiosidad y tomó una anilla que se llevó a la boca. Brooke sonrió. En breve, le estarían saliendo los dientes a su pequeña.

–¿Con qué podemos sorprender a Nick?

Brooke miró dentro de la nevera para decidir qué hacer de cena. Cocinar le calmaba los nervios.

A las siete, la cena estaba lista y la mesa puesta. Al ver que Nick no aparecía, tomó en brazos a Leah y fue a buscarlo. Lo encontró en el estudio de abajo, sentado tras el escritorio y concentrado en unos papeles.

–Hola –dijo ella, percibiendo una vez más su poder y estatus.

A veces, cuando estaba ajustando el asiento del bebé o sujetando a Leah en sus brazos, se le olvidaba que era un rico magnate del vino propietario de unos viñedos que habían pertenecido a su familia durante generaciones.

–La cena está servida.

–Huele muy bien –dijo Nick poniéndose de pie y sonriendo–. ¿Qué hay de cena?

–Es una sorpresa. Ven a verlo.

Nick la siguió a la cocina. Brooke le sirvió un plato y se lo llevó a la mesa.

—Toma asiento.

—Después de ti —dijo él reparando en que la mesa estaba puesta para uno.

—No, Leah todavía no se mantiene sentada. Come tú. Yo tomaré algo más tarde.

—Quisiera disfrutar de tu compañía durante la cena.

—¿Por qué?

—¿Por qué no? Tú también tienes que comer. ¿Por qué comer los dos solos? Quiero probar tu cocina. ¿Vas a sentarte o qué?

—Te pones muy gruñón cuando tienes hambre.

Brooke acercó el parque del bebé a la mesa y metió a Leah dentro. Luego se sirvió un plato, se sentó frente a Nick y se quedó mirándolo.

—Empieza a comer. Es lomo de cerdo con salsa de mango, batatas y crema de espinacas.

Empezó a comer y Brooke esperó pacientemente sus comentarios.

Nick la miró con admiración.

—Esto está delicioso —dijo señalando con el tenedor lo que le quedaba en el plato.

Nick volvió a servirse otro plato y dio cuenta de él antes de que Brooke acabara el suyo.

—Ha sido duro despedirme de la señora Jacobs —dijo ella.

—¿Ah, sí? Podía haberse quedado más tiempo.

—No era necesario. Me encuentro bien. Es solo que nunca me quedo en un sitio el tiempo suficiente como para tener amigos. Con ella había congeniado. Espero que ahora que voy a quedarme en Napa, pueda hacer algunos amigos.

Leah empezó a armar escándalo y Brooke soltó el tenedor para tomarla en brazos.

—Quieres salir de ahí, ¿verdad, pequeña?

Puso a Leah en su regazo y continuó comiendo mientras Nick la miraba.

—He dejado otro mensaje a Molly y espero que me llame. Me gustaría retomar el contacto con ella, aunque creo que voy a estar muy ocupada —dijo, justo en el momento en el que Leah le quitó el tenedor de la mano—. ¡Leah!

Estaba a punto de ponerse de pie cuando Nick se acercó y tomó a Leah en brazos.

—Deja que me ocupe mientras acabas de comer.

Leah se fue encantada con Nick y se acomodó contra su pecho. A Brooke se le encogió el corazón.

Brooke terminó de comer sin levantar la cabeza del plato, negándose a ceder ante las emociones que la embargaban al ver a Nick entreteniendo a su hija con sus dulces palabras.

Esa noche, mientras subían la escalera, Brooke tuvo una pequeña discusión con Nick acerca de cómo iban a dormir. Quería devolverle la habitación puesto que iba a quedarse semanas. Pero Nick mantenía que ella necesitaba espacio para las cosas del bebé y que la habitación de invitados tenía todo lo que él necesitaba.

No estaba dispuesta a darse por vencida hasta

que llegaron al pasillo que daba al dormitorio principal.

—También podemos compartir habitación —dijo él arqueando una ceja y empezaba a quitarse la camisa.

Brooke se quedó de piedra viendo cómo se desabrochaba botón a botón, dejando ver su pecho bronceado. Era consciente de que estaban solos en la casa.

—De acuerdo, me quedaré en tu habitación.

Satisfecho, Nick se fue. Brooke entró en la habitación y cerró la puerta. Después de bañar a Leah y de alimentarla una última vez antes de meterla en la cuna, se dio un baño y se fue a dormir.

Se despertó de muy buen humor. Le preparó a Nick un desayuno con huevos y beicon y ella se tomó algo rápido. Luego, condujo despacio hasta la casa de su tía.

—Ya hemos llegado, pequeña. Este es nuestro nuevo hogar.

Brooke pasó la mayor parte del día revisando la casa y anotando las reparaciones que tenía que hacer por orden de prioridades. Apuntó el tamaño de las camas de cada habitación y comprobó las sábanas que había en los armarios. Había algunas colchas antiguas que podía mandar a limpiar, pero iba a tener que comprar sábanas y toallas. Por suerte los electrodomésticos de la cocina funcionaban. Aunque el comedor estaba lleno de polvo, la mesa y las sillas eran de madera de calidad y podía encerarlas.

Brooke llamó por teléfono a unos cuantos alba-
ñiles y pintores de la zona para quedar, y luego al
pediatra para pedir cita para Leah. Por último volvió a llamar a Molly, confiando en que su amiga siguiera viviendo en Napa.

Tenía la extraña sensación de pertenecer a
aquel lugar. Nunca había tenido una casa propia.
Incluso la casa que había compartido con Dan había sido alquilada.

Aquella casa era suya y una sensación de orgullo la invadió. Los ojos se le llenaron de lágrimas al
recorrer la vieja casa, imaginándosela cómo estaría
algún día. Por fin su sueño se iba a hacer realidad.

Nick se le vino a la cabeza. Le resultó tan inesperado que por un momento se quedó sin respiración.

A media mañana había hecho todo lo que quería y decidió ir a hacer unas compras. Después de
hacerse con productos de limpieza y algunas he-
rramientas, fue a una tienda de niños y compró un
parque para dejarlo en su casa y no tener que estar
llevando y trayendo el que tenía. Por último, paró
en el supermercado y compró comida y bebida
para llenar la nevera.

Unas horas más tarde, miró el reloj. El tiempo
había pasado volando y debía volver a casa de
Nick. Estaba satisfecha de los progresos que había
hecho. Había limpiado la nevera, el suelo de la cocina y los armarios, y había llegado el momento de
irse a prepararle la cena.

Llegó un poco más tarde de lo esperado, así
que tuvo que darse prisa en dar de comer a Leah y

echarla a dormir, antes de preparar algo delicioso para cenar. Se decantó por un revuelto de gambas, vieiras y verduras sobre arroz integral.

–Sé que estoy hecha un desastre –dijo al oír a Nick entrar en la cocina a las siete en punto–. Hoy vamos a cenar un poco más tarde. Dame unos minutos y enseguida estaré lista.

No había tenido tiempo para cambiarse de ropa y tenía el rostro sudoroso por el vapor de cocer las verduras.

–¿Por qué? ¿Acaso tienes que ir a alguna parte? –preguntó Nick acercándose.

Brooke levantó la cabeza. Estaba muy guapo con unos pantalones claros y una camisa marrón que acentuaba su bronceado y el azul de sus ojos. Su aspecto hizo que se sintiera aún más descuidada.

–No, claro que no. Lo siento, es que se me ha hecho tarde.

Tomó la cuchara de madera y removió la cacerola.

Nick se acercó sigilosamente y puso su mano sobre la de ella. Seguía sintiendo el vapor en la cara, pero no fue eso lo que hizo que su cuerpo ardiera en llamas.

–No hay prisa –dijo él.

Brooke sintió que su corazón se aceleraba y evitó mirarlo para que no se diera cuenta de la agitación que le estaba provocando.

–No te vuelvas loca por esto –dijo quitándole la cuchara y apagando el quemador–. Si se te hace tarde, avísame. Podré esperar.

—Dijiste a las siete.

—O más tarde. Hoy va ser más tarde. Sube y tómate un rato para ti.

Brooke miró a Leah, que dormía en su parque.

—Pero Leah está aquí abajo.

—Tengo que leer algunas cosas. Me quedaré aquí vigilándola.

Brooke decidió hacerle caso y aceptar su ofrecimiento.

—Muy bien, enseguida vuelvo.

Subió corriendo la escalera, se quitó la ropa y se dio una ducha relajante. Luego se puso unos vaqueros limpios, una blusa negra sin mangas y se recogió el pelo, apartándose los rizos de la cara. Se miró al espejo y su aspecto le gustó más que el de la mujer estresada de hacía veinte minutos.

Al volver a la cocina, encontró a Nick mirando a Leah dormir. Aquello la pilló por sorpresa. Se acercó a su lado y ambos permanecieron en silencio. Al cabo de unos segundos, Nick la miró.

—Ha hecho algunos ruidos y pensé que se estaba despertando. ¿Te sientes mejor?

—Sí, mucho mejor.

La expresión de sus ojos le decía que le gustaba lo que veía. Se le pusieron los nervios a flor de piel y volvió junto a la cocina para acabar de hacer la comida.

Nick empezó a poner la mesa y Brooke estuvo a punto de detenerlo, pero se contuvo. Si quería poner la mesa, ¿quién era ella para detenerlo?

Así que partió el pan y removió la comida mientras Nick ponía la mesa y Leah dormía. Cualquiera que entrara en aquel momento en la cocina pensaría que era una escena hogareña habitual. Claro que no era así y Brooke tuvo que recordarse que Nick era su jefe y que ella se iría en cuanto pudiera.

Nick se comió todo lo de su plato y se sirvió por segunda vez. Cuando volvió a sentarse, en vez de ponerse a comer, se echó hacia delante, mirándola.

–¿Cómo te ha ido hoy? –dijo sirviéndose una copa de vino.

Después le ofreció a ella, que le contestó que no con la cabeza. No podía tomar alcohol mientras estuviera dándole el pecho al bebé.

–¿De veras quieres saberlo?

–No habría preguntado si no hubiera querido saberlo –dijo él y dio un sorbo a su vino.

–He hecho muchas cosas –dijo Brooke y continuó dándole detalles de su día.

Para su sorpresa, Nick le hizo algunas preguntas mostrándose realmente interesado. De hecho, se sintió tan a gusto con él que le pidió consejo.

–Espero que me ayudes a hacer una buena promoción para atraer clientes una vez esté todo listo.

Nick se quedó pensativo unos segundos.

–Conozco mucha gente en la zona y creo que puedo pedir algunos favores. Incluye tu casa en las guías de viajes. Vas a necesitar una página web. También tendrás que darte a conocer a otros hoteles para que te manden clientes cuando no tengan alojamiento para ellos. Te sugiero que visites las bodegas locales. En Carlino Wines te pondremos en la lista de nuestras recomendaciones a los visitantes. A menos que vaya también contra tus reglas.

Brooke se tomó aquello como una ofensa.

—No tengo reglas, Nick.

Se terminó el vino y se sirvió otra copa.

—Claro que sí. No quieres nada de mí.

—No quiero nada de ningún hombre —dijo enfadada, arrepintiéndose de haberle pedido consejo—. No es nada personal.

—¿Es por lo que pasó entre nosotros en el instituto? —preguntó frunciendo el ceño.

Brooke ya había oído suficiente. Se levantó y tomó su plato, incapaz de esconder su enojo.

—Quizá no sepas que hay más vida después de ti.

Nick se puso de pie y la siguió al fregadero.

—¿De qué se trata entonces? ¿Por qué eres tan cabezota? ¿Es por tu ex? ¿Te hizo alguna faena?

—No quiero hablar de eso.

—Tal vez deberías hacerlo. Seguro que dejas de estar resentida.

Brooke se dio la vuelta para mirarlo.

—No estoy resentida. Tengo una hija a la que criar y no quiero que me vuelvan a hacer daño. Eso es todo, pero no creo que lo entiendas.

—Claro, porque tengo todo lo que quiero.

—Así me lo parece a mí.

—Cuéntame. ¿Qué te hizo, Brooke? ¿Por qué no está cerca de Leah?

Brooke sintió un nudo en el estómago. Tenía el

corazón roto por Leah y por todo lo que se había perdido. La traición de Dan le había causado un profundo dolor porque suponía que su hija no conocería a su propio padre. El día que le contara que tenía una hija, quizá no quisiera conocerla. Tal vez le fallara a Leah, al igual que le había fallado a ella. Y eso no lo podría soportar.

–No está cerca de Leah porque no sabe que existe. Una semana antes de que descubriera que estaba embarazada, Dan me contó que estaba teniendo una aventura. Esa otra mujer estaba esperando un hijo suyo. Me dejó a mí y al bebé del que no sabía nada –dijo, y unas lágrimas rodaron por sus mejillas–. Y cuando Dan sepa de ella, me destrozará el corazón si le hace tanto daño como me lo hizo a mí.

Nick se pasó la mano por el pelo.

–Vaya, Brooke.

–Lo sé –dijo entre sollozos.

Nick cerró los ojos unos instantes y luego la tomó de la cintura y tiró de ella hacia su pecho. Ella lo abrazó y lloró en silencio mientras la abrazaba, haciéndola sentir protegida.

–Maldito sea –murmuró Nick–. Vaya imbécil. ¿Quieres que acabe con él?

A pesar de su tristeza, sonrió.

–¿Cómo lo harías?

–Podría desaparecer un día, que nadie vuelva a saber de él.

–Te agradezco la idea.

–Soy un tipo magnífico.

–No seas amable conmigo, Nick.

–No seas tan valiente, guapa y sexy.

–No soy ninguna de esas cosas. Tan solo estoy abriéndome camino en la vida, cometiendo errores y tratando de hacerlo lo mejor posible.

Nick la tomó de la barbilla y la obligó a mirarlo a los ojos.

–Eres todas esas cosas, Brooke.

Bajó la cabeza y la besó. Luego le pasó las manos por el pelo y la hizo inclinar la cabeza antes de volver a besarla. Brooke se dejó llevar por las sensaciones que invadían su cuerpo, en una espiral de pasión.

La hizo abrir la boca y le metió la lengua dentro, llevándola a donde hacía tiempo que no iba.

Deseaba más. Lo deseaba, pero sabía que tenía que poner fin a aquello. No podía hacer eso con Nick. Aquellos pensamientos se desvanecieron mientras la besaba por el cuello y tomaba sus pechos en las manos. Él jadeó y la acorraló contra una esquina. Acarició sus pezones por encima de la blusa, poniéndole los pezones erectos.

Le gustaba aquella manera de besar de Nick y que la deseara. Moriría feliz si le hacía el amor en aquel momento. Pero Brooke volvió a pensar en Leah y en los errores que ya había cometido en su vida. Nick sería otro y no podía permitirse ese lujo.

–No, Nick –dijo rompiendo el beso–. No podemos hacer esto.

La mirada de Nick prometía una noche ardiente bajo las sábanas. Sus manos estaban a medio camino de subir por su blusa. Las quitó y esperó.

–Hace tiempo que no me acuesto con nadie

—confesó ella—. Ahora mismo, mi vida es complicada.

—El sexo no tiene por qué serlo.

—No estoy lista —dijo Brooke y suspiró.

—Cuando lo estés, acepta la invitación. Ya sabes dónde está mi habitación.

Brooke tragó el nudo que se le había formado en la garganta y asintió.

Se quedaron mirándose unos segundos y después Nick se dio la vuelta, tomó sus llaves y se fue.

Ella se quedó allí, junto a la encimera de granito, deseando haber culminado. Necesitaba el acto físico, además de sentirse querida y protegida. Quería sentir el vínculo que se establecía al hacer el amor. Le ponía nerviosa saber que Nick iba a mantener su invitación y le hacía imaginar cosas en las que no debería pensar.

Cuando Leah se agitó, Brooke vio cómo su hija abría los ojos al mundo. Estaba convencida de que había hecho lo correcto para los tres apartándose de Nick.

Capítulo Seis

La semana transcurrió sin sobresaltos. Brooke se creó la rutina de despertarse temprano para preparar el desayuno e irse antes de las nueve para trabajar en su casa. Volvía a última hora de la tarde a tiempo de ducharse y hacer la cena. En general, todo estaba funcionando mejor de lo que había imaginado.

Nick entraba y salía a su antojo, y estaba contenta de que no hubiera tensión entre ellos. Comían juntos, charlaban de cómo les había ido el día y compartían buenos ratos. Después de cenar, cada uno se iba por su lado.

Durante las horas en que estaba ocupada no pensaba en Nick, concentrada en limpiar la casa que había heredado. Durante la semana, un manitas había estado reparando puertas, paredes y la verja que rodeaba la casa. Los pintores trabajarían la semana siguiente y Brooke tenía que empezar a preparar su página web. El texto lo podía redactar ella, pero no podía añadir fotos hasta que no transformara aquella casa deteriorada en otra atractiva y acogedora. Había hecho planes para visitar varias bodegas durante el fin de semana para dar a conocer su establecimiento.

Esa sería la parte más dura. Nunca se había sentido cómoda en Napa y durante la noche se había enfrentado a la sensación de no ser lo suficientemente buena y de no encajar allí. Esta vez había podido sacudirse esa sensación. Había pasado mucho tiempo desde su adolescencia y había aprendido de los momentos difíciles. Aquella era su oportunidad de ser independiente y feliz.

Pero aunque había sido capaz de superar aquellas viejas sensaciones, habían surgido nuevas más difíciles de contener. Por la noche se tumbaba en la cama y pensaba en la tentación que tenía a unos cuantos metros. Nick le había hecho saber que estaba a su disposición cuando quisiera. Desde aquella invitación, cada noche pensaba en su ofrecimiento y en qué se sentiría al hacerle el amor con Nick.

La pasión que habían sentido en la cocina había sido recíproca. Se había sincerado con Nick y había desnudado su alma, y él había comprendido su dolor. Se había acercado por un deseo compartido. Todas las noches al meterse en la cama ansiaba tenerlo a su lado y cada vez le resultaba más difícil dormir sabiendo que tenía muy cerca lo que tanto deseaba.

Aun así, estaba fuera de su alcance.

Aquella tarde, Brooke decidió dejar de trabajar antes para sacar a Leah de la vieja casa. Aunque quería acabar con las tareas cuanto antes, siempre estaba atenta a las necesidades de Leah. De vuelta, se detuvo en la tienda de niños y le compró un traje de baño rosa y un flotador con forma de tortuga. A Leah le encantaba el agua y el baño era una de sus actividades favoritas. Así que iban a bañarse en la piscina de la casa de los Carlino.

–Qué guapa estás con ese bañador –le dijo a su hija mientas la cambiaba sobre la cama de Nick.

Brooke se puso un bikini y encima un vestido. Tomó el flotador y la bolsa llena de pañales, toallas y crema solar, y con el otro brazo cargó a Leah.

Llegó a la puerta y enfiló la escalera, tratando de mantener el equilibrio de todo lo que llevaba en los brazos.

–¿Necesitas ayuda?

Nick salió de su habitación y no esperó respuesta. Tomó la bolsa y luego le quitó el flotador del hombro.

–Apuesto a que a Leah le gusta el agua –dijo bajando la escalera detrás de ella.

–Ya veremos. Nunca ha estado en una piscina como esta.

Brooke no quería que la viera en bañador. Su cuerpo no era perfecto y tenía estrías. De repente, dejó de apetecerle ir a la piscina, pero ya no podía cambiar de opinión sin parecer una idiota. Además, Leah merecía divertirse un rato.

Una vez en la piscina, Nick dejó las cosas de Brooke en una tumbona. El día era cálido, el cielo estaba azul y el olor a uvas inundaba el ambiente.

Brooke puso las toallas en una silla y se untó de crema solar.

–Llamé a la doctora Christopher y me dijo que Leah podía pasar treinta minutos al sol siempre y cuando le pusiera protección.

Nick se sentó en una silla junto a la tumbona y estiró las piernas. Llevaba unos pantalones y una camisa blanca con las mangas enrolladas.

–Eres una buena madre.

–Gracias –dijo quitándose las chanclas–. Nunca pensé que sería una madre soltera.

Se quitó el vestido y recogió el flotador. Luego, tomó en brazos a Leah.

Cuando miró a Nick, vio que se había puesto las gafas de sol. Así no vería si se fijaba en ella.

–Me gusta ese bikini.

Brooke sintió más calor de repente.

–No es nada especial.

–Leah podría ser modelo de cualquier revista infantil con ese conjunto rosa.

«Oh, se refería a Leah», pensó Brooke avergonzada.

Se dio la vuelta y bajó el primer escalón de la piscina. La temperatura del agua era agradable.

–¿Brooke?

Lanzó la tortuga al agua y luego se giró para mirarlo.

–Tu hija está muy guapa, pero el cumplido era para ti.

–Dejémoslo en que Leah está muy guapa.

Brooke bajó un escalón y luego otro. Normalmente le gustaba zambullirse de una vez, pero ahora no podía hacer eso. Cuando le cubrió por la cintura, empezó a mojarle las piernas a su hija. Leah se agachó para tocar el agua y Brooke tuvo que sujetarla por miedo a que se cayera.

Nick se acomodó en su asiento, mientras Brooke colocaba a la niña en el flotador. Una vez lo consiguió, respiró tranquila. Después, dio vueltas y vueltas a su hija, provocándole una gran sonrisa que enterneció su corazón.

–Nick, ¿puedes hacerme un favor? –le preguntó–. Como es la primera vez que Leah se baña en una piscina, ¿puedes hacerle una foto?

–Depende de lo que vayas a prepararme de cena esta noche –dijo él entornando los ojos.

–Si te apetece algo, dímelo.

–Ya te lo diré. ¿Dónde está la cámara?

–En la bolsa.

Nick la sacó y luego les hizo unas fotos.

–Pareces tener calor –dijo Brooke reparando en las gotas de sudor de la frente de Nick.

–¿Sabes nadar?

–Como un pez –contestó mirando la gran piscina en forma de riñón–. Se me da muy bien nadar.

–Espera, volveré enseguida.

Unos minutos más tarde escuchó el sonido de un chapuzón desde el otro lado de la piscina. Se giró y lo vio avanzar buceando hasta donde Leah y ella estaban. La niña miró con curiosidad y aplaudió al ver a Nick. Él le acarició la cabeza, mientras la niña seguía sus movimientos con fascinación.

–Me ocuparé de ella mientras tú nadas.

–No tienes por qué hacerlo.

Brooke estaba lo suficientemente cerca de Nick como para rozar las gotas de agua que le caían por la barbilla. Su pelo oscuro estaba apartado de la cara y reparó en una pequeña cicatriz que tenía en la frente y que hasta entonces no había visto. Era una pequeña imperfección en un rostro perfecto y eso lo hacía peligrosamente sexy. Brooke pensó que sería mejor aceptar su ofrecimiento que quedarse allí babeando ante aquel cuerpo musculoso.

–Aprovecha –le ordenó, señalando el agua–. La niña y yo estaremos bien. Cuando acabes, te pediré un favor.

–Así me parece mejor –dijo y le dio un beso a su hija–. Mira cómo nada mamá.

–No te preocupes. Te estaremos observando –afirmó Nick, arqueando una ceja.

Brooke se dio la vuelta y se hundió en el agua, liberándose de todas las preocupaciones para disfrutar. Hizo varios largos en la piscina y unos minutos más tarde, se detuvo a tomar aire en el lado opuesto.

Con la mano en el borde, miró a Leah. Nick la había sacado del flotador. Una y otra vez la levantaba en el aire y la volvía a bajar hasta que sus pies tocaban el agua. Sus risas le partieron el corazón. Aquella escena y la manera en que Leah miraba a Nick eran más de lo que podía soportar.

–Va a ser una gran nadadora, como su madre –dijo Nick, una vez Brooke volvió junto a ellos–. ¿Has disfrutado nadando?

–Ha sido reconfortante.

–Para mí también. No todos los días tengo a una atractiva rubia en la piscina.

Brooke ignoró el comentario, pero no pudo hacer lo mismo con la expresión de su cara.

–Gracias, he disfrutado mucho –dijo y extendió los brazos hacia Leah–. Ya me ocupo de ella.

–¿Qué favor querías pedirme?

Nick se sentó en un escalón de la piscina y estiró las piernas.

–Mi cuñada, Rena, está deseando conocerte. Bueno, realmente a Leah, y aprovechar tus conocimiento sobre bebés, partos y todo lo demás –dijo mirándola a los ojos–. Mi hermano Tony dice que va a volverse loca. Está deseando salir una noche, así que los he invitado a cenar mañana.

–Está bien –dijo con cierta desgana–. Prepararé la cena para tu familia.

–No pretendía eso. Saldremos a cenar y luego tomaremos aquí unas copas y quizá un poco de esa tarta de arándanos que preparaste el otro día.

–No tengo con quién dejar a Leah.

–No hay problema, puede venir.

Sorprendida por la sugerencia, Brooke empezó a reír.

–No puedes estar hablando en serio.

–¿Por qué no?

–Leah interrumpirá la cena. Ya sabes lo inquieta que se pone cuando no está en su entorno.

–¿Y? Así se darán cuenta Rena y Tony de lo que les espera.

–¿Te refieres a tener un bebé?

–En verdad no es hijo de Tony, al menos no biológicamente. Pero no hay nadie más feliz que Tony de convertirse en padre. Le encantará conocer a Leah. Los dos estarán encantados y así podré quitármelos de encima. Llevan toda la semana haciéndome preguntas sobre ti.

Brooke se alarmó.

—¿No estarán pensando que tú y yo…?

—Tú misma puedes aclarárselo esta noche.

—Por supuesto que lo haré.

No debería importarle lo que el hermano de Nick pensara sobre su convivencia, pero así era.

—Asumo que es un sí.

—De acuerdo, iré a cenar.

Recordaba todas las preguntas que se hacía antes de que Leah naciera y le habría gustado tener a una amiga con la que hablar. Además, teniendo en cuenta que Molly no le había devuelto las llamadas, Brooke no tenía ninguna compañía femenina en Napa.

El comentario de Nick acerca de la paternidad del bebé de Rena la intrigaba. Se había marchado de Napa sin volver la vista atrás y al parecer habían pasado muchas cosas desde entonces.

—¿Hay algo que deba saber de Tony y Rena para no meter la pata?

—La versión corta es que Rena estaba casada con el mejor amigo de Tony. Justo antes de que David muriera, Tony le prometió que cuidaría de Rena y del bebé.

—Qué triste. Ella perdió a su marido y él a su mejor amigo.

—Sí, pero dejaron atrás el pasado y ahora están casados. Son una de las parejas más felices que conozco.

Leah soltó un grito de protesta. Brooke quería saber más de Tony y Rena, pero había llegado el momento de salir del agua.

—Será mejor que salgamos o mi pequeña se convertirá en una pasa. Además, tiene que dormir la siesta.

Nick salió primero y envolvió a Leah con la toalla. Juntos la secaron.

–Gracias –dijo ella.

Fue un gesto sencillo que apenas duró unos segundos. Estaba empezando a gustarle hacer cosas con él, aunque en el fondo sabía que no estaba bien.

Cada vez que Nick pensaba en Brooke, no podía evitar sonreír. Le hacía reír y disfrutaba de su compañía más que con cualquier otra mujer.

Se duchó, se afeitó y se peinó. Después se vistió con unos pantalones informales color caqui y una camisa negra. Habían quedado en cenar pronto por el horario de Leah, así que a las seis en punto llamó a la puerta de Brooke.

–Enseguida estoy –dijo abriendo la puerta–. Leah ha dormido una siesta más larga de lo habitual y se me ha hecho tarde.

Volvió junto a la cama mientras se ponía los pendientes. Luego se movió de un lado a otro de la habitación mientras recogía algunas cosas y las iba metiendo en la bolsa de los pañales. Llevaba un bonito vestido negro hasta las rodillas que le marcaba las curvas.

–Lo siento.

–No lo sientas. Estoy disfrutando el espectáculo.

Lo miró y puso los ojos en blanco, demasiado agitada como para encontrarlo divertido.

–Muy bien, ¿qué quieres que haga?

–Deja de burlarte de mí –dijo ella.

–Hecho. ¿Qué más?

–Tengo que darle de comer a Leah.

–En eso no puedo ayudarte.

–Claro que sí –dijo sacando un biberón de la bolsa y dándoselo–. Dale esto. Ella hará el resto. Se quedará satisfecha hasta la hora de la cena. Tengo que acabar de arreglarme el pelo.

Nick se sentó en la cama con Leah en brazos.

–No pasa nada si llegamos un poco tarde.

Brooke salió del baño, más guapa y tranquila, con su melena rubia cayéndole en ondas sobre los hombros y su sonrisa iluminando la habitación.

–Las dos estáis muy guapas esta noche.

–Gracias –dijo Brooke lentamente, evitando mirarlo–.Yo llevaré a Leah si no te importa hacerte cargo de la bolsa de los pañales.

–De acuerdo. Dame las llaves, yo conduciré. Espero que te guste la comida italiana. Vamos a ir a Alfredo´s. Somos propietarios de la mitad del restaurante, así que no creo que nos echen por culpa de Leah.

–Muy divertido, Nick. Y para que lo sepas, me encanta la comida italiana.

Veinte minutos más tarde entraron en el restaurante.

–Ah, se me ha olvidado decirte que mi hermano Joe se ha apuntado a la cena y va a traer a su prometida.

Nick sabía que Joe y Nick estaban conspirando contra él, intentando por todos los medios unirlos a él y a Brooke; sus hermanos lo subestimaban si pensaban que iban a ganar la apuesta.

Tony y Rena los esperaban en una mesa grande al fondo del restaurante. Nick hizo las presentaciones y luego ayudó a Brooke a sentarse. Rena pidió enseguida tomar en brazos al bebé y las dos mujeres empezaron a hablar de embarazos y partos, mientras Nick y Tony comentaban algunos asuntos de trabajo.

Joe y Ali llegaron nada más les sirvieron el vino. Nick presentó a Ali y las tres mujeres conversaron hasta que el camarero les trajo la carta.

—El chef les preparará cualquier plato especial que les apetezca.

Después de que les tomaran la comanda, las mujeres estuvieron hablando de bebés. Fue Nick el que consiguió cambiar de conversación.

—Brooke va a necesitar una página web para su hotel.

—No sé muy bien cómo hacerla.

—Joe es un genio de los ordenadores —dijo Ali sonriendo—. Seguramente puede hacértela en menos de una hora.

—Puedo ayudarte si quieres. No creo que me lleve mucho tiempo una vez que me digas qué quieres.

—¿De verdad? Eso es muy amable por tu parte, pero…

—Acepta —intervino Nick mirando a Brooke.

Le costaba aceptar ayuda, pero no había nadie mejor que Joe para ayudarla con la página web.

Nick dio un trago a su vino mientras observaba

a Brooke hablando con su familia. Cuando llegó la comida, las mujeres se turnaron para sostener a Leah mientras Brooke comía. Al protestar la pequeña, se la devolvieron a su madre. Desde el otro lado de la mesa, Nick observó a Brooke ocupándose de su hija con paciencia y mimo. No dejaba de sonreír, a pesar de que las quejas de la niña iban en aumento. Al final, Brooke soltó el tenedor y dejó de comer.

Nick se puso de pie y se acercó a ella.

—Deja que me ocupe de ella. Ya he terminado de comer —dijo tomando a Leah en brazos.

El llanto del bebé cesó a la vez que estiró los brazos hacia Nick.

—¿Vas a dejar a tu madre que coma en paz? —dijo Nick y se percató de la mirada que intercambiaron sus hermanos.

—Fijaos en eso —comentó Rena—. A Nick se le dan bien los bebés.

—Nunca lo hubiera dicho —dijo Ali—. Te sientan bien, Nick.

Volvió a sentarse a la vez que Leah apoyaba la cabeza en su pecho.

—Es una niña muy dulce, pero no hay niños en mi futuro. Rena y Ali, de vosotras depende perpetuar el apellido Carlino.

—Eso queremos —dijeron ambas el unísono y rompieron a reír.

—Bien, porque así no me echaréis de menos cuando me vaya.

Brooke levantó la cabeza y todos los ojos de la mesa se percataron de su sorpresa.

–Por supuesto que te echaremos de menos –dijo Rena–. ¿Adónde te vas?

–Si todo sigue su curso, en un par de meses me iré a Montecarlo.

–¿Para siempre? –preguntó Ali.

–Estoy deseando volver allí.

–¡Nick! –exclamó Rena desilusionada.

–No voy a irme a ninguna parte hasta que nazca tu bebé. Y vendré en vacaciones. Te prometo que seré el tío favorito de tu hijo.

–Yo no haría planes a largo plazo –dijo Joe sacudiendo la cabeza.

–No sabes lo que puede pasar.

–Me iré tan pronto como resolvamos lo del testamento de Santo.

Nick miró a Brooke allí sentada, con una expresión indescifrable en la cara. No tenía idea de lo que estaba pensando. Estaba más callada de lo habitual, claro que tampoco Rena y Ali paraban de hablar. A Tony y a Joe parecía caerles bien. Tony se había ofrecido a dar a conocer su hotel y Joe había puesto una fecha para diseñar su página web. Nick sabía que tenían segundas intenciones y que estaban intentando hacerle perder la apuesta.

Después de que Leah se quedara dormida, decidieron tomar el postre en el restaurante en vez de volver a la casa.

–Lo siento –dijo Brooke mirando a Leah en su silla.

–Lo comprendemos –dijo Ali–. Tendrás que invitarnos otro día a tomar café.

–Una vez haya abierto mi hotel, os invitaré a todos a cenar.

–Buena idea. Nick dice que cocinas muy bien –dijo Tony.

–Nick se está quedando en casa por las noches –comentó Joe–. No le culpo.

Brooke se ruborizó.

–Si eso es un cumplido, gracias. Pero para que quede claro os diré que Nick y yo tenemos un acuerdo. Desde el accidente, ha sido muy amable conmigo y yo le preparo el desayuno y la cena. Pero eso es todo lo que hago para él –dijo mirando a Tony y Joe.

–Creo que nos ha bajado los humos –dijo Tony sonriendo–. ¿Seguimos estando invitados a cenar?

Les sirvieron el café y les llevaron una variedad de postres: *cannoli*, tiramisú, pastel de almendras y pastas.

Nick dio un sorbo a su café y se echó hacia atrás. De vez en cuando su mirada se encontraba con la de Brooke. La deseaba y cada vez le resultaba más difícil dormir bajo el mismo techo sin compartir cama. Iba a tener que hacer algo y pronto.

Brooke estaba contenta con los avances que había hecho en tan pocas semanas. Todos los días pasaba la mañana plantando flores en el jardín mientras los obreros pintaban el exterior de la casa y hacían algunos arreglos en los baños y los dormitorios.

Joe la había ayudado con la página web y estaban empezando a hacer el diseño. La semana anterior Ali la había llevado a sus tiendas de antigüedades favoritas. Lo habían pasado bien y había comprado varias cosas para decorar las habitaciones. La amistad con Ali había resultado ser inesperada y bienvenida. Al final de la tercera semana, Brooke empezó a sentir que su hotel sería una realidad en breve. Por fin su sueño estaba a su alcance.

Incluso había hablado con Molly Thornton, quien por fin le había devuelto la llamada. Había estado de viaje con su familia durante casi un mes y se había llevado una grata sorpresa al oír el mensaje de Brooke. Molly le contó que era maestra y que había aprovechado las vacaciones de verano para viajar. Le había prometido que iría a verla esa tarde.

Brooke acababa de dar de comer a Leah en su trona cuando llamaron a la puerta.

–Vaya –dijo, limpiándole la boca a Leah–. Debe de ser Molly. No puedes conocerla con la cara llena de puré.

Brooke abrió la puerta de par en par, emocionada por volver a ver a su amiga después de tantos años. Pero su corazón se detuvo un instante cuando en vez de encontrarse con Molly, se dio cara a cara con Dan Keating, su ex.

Brooke empezó a temblar.

–¿Cuándo ibas a decirme que tenía una hija? –dijo paseando la mirada de la niña a ella.

–Dan, ¿qué estás haciendo aquí?

–¿Te refieres a cómo te he encontrado? ¿Cómo has podido hacerme esto, Brooke? Tengo una hija y no me lo has contado. ¿Huiste y la ocultaste?

–No parecías poder pensar en otra cosa que no fuera tu novia, sin preocuparte lo más mínimo por mí.

–No niegas que sea mía.

–No quiero hablar. Estoy esperando a alguien que vendrá en cualquier momento. Si quieres hablar conmigo, llámame por teléfono.

–¿Quieres que te llame? Estoy aquí para conocer a mi hija, Brooke –dijo clavando la mirada en Leah como si estuviera memorizando cada detalle de la pequeña–. Se parece a ti.

Leah se dio la vuelta, hundiendo la cara en el hombro de Brooke.

–Déjame entrar. Quiero verla.

–Nos dejaste porque ibas a tener otro hijo, ¿recuerdas?

–¡No sabía que estabas embarazada!

–¿Habría importado? Yo creo que no. Estabas deseando recoger tus cosas y marcharte. Tenías algo mejor esperándote: la mujer a la que realmente amabas y al bebé que ibas a tener con ella. Así que ¿por qué no te vas con ellos?

–Perdió el bebé y las cosas no funcionaron entre nosotros.

Brooke se enfadó y se sintió aún más traicionada.

–¿Así que ahora quieres conocer a Leah? Siento la pérdida del bebé, pero eso no justifica tu comportamiento. Y voy a decirte una cosa más: Leah no es el segundo plato de nadie. Si esa relación te hubiera funcionado, ¿estaríamos ahora teniendo esta conversación?

—Maldita sea, Brooke, sé razonable. No sabía que ibas a tener un hijo mío.

—Aunque eso sea cierto, estabas teniendo una aventura a mis espaldas y dejaste embarazada a otra mujer mientras estabas casado conmigo.

—Lo sé, cometí un error.

—Te acostaste con las dos al mismo tiempo. Eso te convierte en un traidor. No te quiero cerca de Leah.

—Estás dolida y enfadada.

—Por supuesto, pero te he olvidado y he seguido con mi vida. Quiero que te vayas ahora mismo.

Y con esas, Brooke cerró la puerta en su cara. Esperó y al cabo de unos minutos oyó que se metía en el coche y se iba. Se quedó temblando. No sabía cómo había sabido de Leah ni cómo había dado con ella.

Por suerte, Leah se quedó dormida sin protestar y justo cuando había salido del dormitorio de abajo, volvieron a llamar a la puerta. Se acercó a la ventana del vestíbulo, separó cuidadosamente las cortinas y miró. Al ver una mujer en el porche, sintió alivio.

Brooke abrió la puerta y se encontró con el sonriente rostro de Molly.

—Me alegro de verte, Brooke. Estás exactamente igual.

—Pasa Molly —dijo tratando de mantener la calma—. Yo también me alegro de verte.

Una cara amiga era lo que necesitaba en aquel momento. Se fundieron en un abrazo y justo en ese instante, Brooke se vino abajo y empezó a llorar.

Capítulo Siete

Aquella tarde, Brooke regresó a la casa más tarde de lo habitual. Por suerte, Molly había estado tan atenta como siempre y había escuchado sus problemas. El tener a alguien que la escuchara había hecho que su situación no pareciera tan desesperada. Habían pasado la mayor parte de la tarde hablando y poniéndose al día. Hacía tiempo que Brooke no tenía una charla así con nadie y lo había disfrutado.

De vuelta en la casa de los Carlino, los temores de Brooke regresaron y se le hizo un nudo en el estómago. Lo único en lo que podía pensar era en el rostro enfadado de Dan. Sumida en sus pensamientos, preparó la cena y apenas habló con Nick. Apenas pudo comer y él le preguntó tres veces si le pasaba algo. Brooke contestó que no y en cuanto pudo regresó a la cocina.

Leah se quedó dormida antes que otras noches. Cuando intentó dormir, sentimientos de traición, de no ser lo suficientemente buena para Dan, de odio por lo que le había hecho, la asaltaron.

Unas lágrimas rodaron por sus mejillas. No era ella sino Dan el que no se había portado bien. No debería torturarse de aquella manera.

Oyó unas pisadas en el pasillo y luego la puerta del dormitorio de Nick al cerrarse.

Ya no podía seguir negando que deseaba a Nick. Él era el bálsamo que necesitaba para calmar su inquietud. ¿Por qué no? Ambos eran adultos y le había dejado claro que la deseaba sin ataduras. Su vida ya era lo suficientemente complicada y ella tampoco quería ataduras. Nick iba a dejar el país y eso garantizaba que no hubiera complicaciones.

Vestida con un camisón blanco, comprobó que Leah siguiera durmiendo y se dispuso a bajar. Tomó una botella de merlot y dos copas, y volvió a subir.

Desde el otro lado de la puerta de Nick oyó la televisión. Llamó, y sin esperar a que contestara, abrió. Nick la miró desde la cama y apagó la televisión.

—Brooke, ¿va todo bien?

Aquel era Nick Carlino, el chico del que había estado enamorada y con el que le hubiera gustado perder su virginidad. Ya era muy tarde para eso, pero nunca había dejado de pensar en él. Había soñado con aquel momento tantas veces a lo largo de los años, que le costaba creer que estaba ante él ofreciéndose.

—Dijiste que el sexo podía ser algo sencillo.

—Así es —dijo Nick levantándose sin dejar de mirarla fijamente.

Brooke se preguntó cómo podía haberse mantenido alejada de él durante tanto tiempo.

—No quiero complicaciones contigo, Nick.

Él se acercó a ella y tomó la botella de vino.

103

–¿Vas a decirme qué te ha hecho cambiar de opinión?

–No –dijo ella cerrando los ojos.

–¿De verdad quieres tomar vino ahora?

–No.

Nick dejó la botella y luego las copas.

–Llevo tiempo esperándote –dijo rodeándola con los brazos.

Luego inclinó la cabeza y rozó los labios con los suyos, acariciándoselos con la lengua hasta que la hizo jadear su nombre.

Su beso se hizo más profundo hasta que sus lenguas se movieron al unísono. La intensa sensación despertó en ambos un fuerte deseo. Nick la tomó por el cuello y la hizo inclinar la cabeza mientras sus labios seguían besándola por el cuello hasta los hombros. Brooke se arqueó y le quitó el camisón, deslizándole los tirantes por los hombros. La prenda cayó lentamente por sus piernas hasta el suelo.

Sus pechos quedaron desnudos y lo único que quedó en su cuerpo fue un diminuto tanga blanco. Nick la miró con lascivia y admiración.

–No más ropa de mamá.

–Esta noche no.

Nick tomó sus pechos en las manos y los acarició, haciéndola enloquecer.

–Da igual lo que digas, esa ropa me excita.

–¿Estás diciendo que te excito, tanto de día como de noche?

–Así es –contestó él y se agachó para besarle un pecho y después el otro–. Fuera lo que fuese que te trajo aquí, me alegro.

La agarró del trasero y le hizo sentir su erección contra el vientre.

–Ya veo cuánto te alegras.

Él gimió y ella se frotó contra él.

–No me provoques, Brooke.

–¿Por qué? ¿Qué harás si lo hago?

Él sonrió con malicia y la levantó para dejarla en la cama.

–Esto.

No le dio tiempo para reaccionar y se echó sobre ella, cubriéndola con su cuerpo.

–Me siento bien contigo.

La intensidad de su mirada y el ansia de sus ojos le avisaron de que los preámbulos se habían terminado.

–Yo contigo también –dijo Brooke sintiendo un nudo en la garganta.

Sin dejar de mirarlo, le hundió los dedos en el pelo. Luego se incorporó y lo besó en los labios. Él se inclinó y le sujetó las manos por encima de la cabeza, antes de hacerle el amor con la boca. La tenía atrapada, no solo con su fuerza, sino con las caricias con las que estaba recorriendo cada centímetro de su cuerpo. Dejó escapar unos gemidos mientras se olvidaba de todo para concentrarse en el placer que Nick le estaba dando.

Nick soltó sus manos, se fue a los pies de la cama y se arrodilló ante ella. Le hizo levantar las piernas y luego le puso la mano en la entrepierna. Su calor le provocó un cosquilleo. Después de acariciarla varias veces, agachó la cabeza y acercó su boca a ella.

Ella se arqueó para facilitarle el acceso, disfrutando de cada beso y de cada roce de su lengua en la zona más sensible de su cuerpo. El placer era exquisito y tortuoso, y Brooke empezó a sacudir la cabeza, entregada a aquellas sensaciones.

Nick la soltó y se tumbó a su lado, a la vez que se desabrochaba los vaqueros.

–Deja que lo haga yo –susurró ella, girándose hacia él y bajándole la cremallera.

Después, lo ayudó a quitarse los vaqueros y le acarició el miembro.

–Eres endiabladamente cruel –dijo Nick con una sonrisa.

–De nada.

Él se tumbó de espaldas, respirando entrecortadamente mientras ella continuaba acariciándolo. Se sentía libre y abierta con Nick. Era la culminación de años soñando con aquella noche y no podía contenerse. En ese momento, solo importaba el sexo y no se le ocurría mejor compañero que el arrebatadoramente guapo y peligroso Nick Carlino.

Brooke podía ser peligrosa también y estaba a punto de demostrarle cuánto. Deslizó su mano arriba y abajo por su pene erecto, disfrutando de la suavidad de su piel. Al acariciarle la punta, él emitió un sonido gutural.

–Quiero que te subas encima –le ordenó con mirada ardiente.

Brooke respiró hondo y esperó mientras él se ocupaba de ponerse protección. Luego la hizo subirse encima y sentarse a horcajadas sobre él.

–¿Tienes idea de lo guapa que estás?

Brooke no solía tomarse a Nick en serio, pero había una nota de sinceridad en su voz, que confirmó al mirarlo a los ojos.

La tomó por las caderas con sus manos y tiró de ella hacia abajo. Brooke sintió el roce de su pene y una oleada de deseo sacudió su cuerpo al abrirse para él. Ella bajó un poco más, recreándose en la sensación de sentirlo dentro. En aquel momento de su vida, necesitaba a Nick, así como la satisfacción sexual que podía proporcionarle.

Nick movió las caderas y la embistió. Ella se hundió aún más y, a pesar de la tenue luz, vio que la expresión de Nick cambiaba. La animó a moverse arriba y abajo sobre él, y con cada embestida estaba más cerca del éxtasis.

Nick se incorporó y la rodeó con sus brazos, estrechándola con fuerza mientras ella seguía agitándose sobre él. Agarró su trasero y acercó su boca a la suya, besándola con ímpetu.

—Juntos —dijo él entre beso y beso—. Vamos a hacerlo juntos.

Brooke lo entendió y Nick la hizo tumbarse de espaldas. Luego se acomodó sobre ella y tomó el control. Mientras la besaba, le acarició los pechos. Se sentía al borde de la locura. Sus embestidas eran poderosas y deliberadas, y no pudo contenerse más. Su respiración se volvió agitada. Nick parecía incansable y lo abrazó mientras seguía penetrándola.

Su cuerpo empezó a agitarse y, tal y como le había prometido, ambos llegaron al éxtasis a la vez.

Nick le acarició la cara con suavidad y luego la

cubrió de besos antes de apartarse de ella y tumbarse de espaldas.

—La espera ha merecido la pena.

—Solo han sido unas semanas —dijo Brooke y sonrió.

Nick se colocó de lado y la tomó de la barbilla para que lo mirara.

—Han sido más de trece años.

Brooke sintió un nudo en la garganta.

—Eso es agua pasada.

—Por entonces te deseaba, Brooke. Sé que no me crees, pero es la verdad.

—No hablemos del pasado.

Nick inclinó la cabeza para besarla.

—Muy bien, entonces hablemos de lo increíble que eres.

Aquel cumplido la incomodó.

—Apuesto a que eso se lo dices a todas.

Nick permaneció en silencio y Brooke se dio cuenta de que su comentario no había tenido gracia.

—Escucha —dijo Nick en tono serio—. No me acuesto con una mujer diferente cada noche. Nunca ha sido ese mi estilo. Me tiene que gustar la mujer en cuestión para llevármela a la cama. Lo que ha pasado entre nosotros esta noche ha sido increíble.

—Para mí lo ha sido —asintió Brooke.

Nick la tomó entre sus brazos y le hizo apoyar la cabeza en su pecho.

—Para mí también.

No podía quedarse en sus brazos toda la noche.

—Será mejor que vaya a ver cómo está Leah.

Encontró su camisón y se lo puso. Luego hizo

ademán de levantarse, pero Nick la detuvo, tomándola de la mano.

—Vuelve.

—No nos complicaremos la vida, ¿verdad?

—Por supuesto que no —convino Nick sin dudarlo y la soltó.

—Está bien, entonces, volveré.

Nick se puso los calzoncillos y se levantó de la cama para servir dos copas de vino. No podía dejar de preguntarse por qué Brooke había acudido a él esa noche. Se había mostrado atrevida y vulnerable a la vez, pero había sido el miedo en sus ojos lo que más le había intrigado. Algo había cambiado en ella que la había hecho meterse en su cama.

El sexo con ella había sido mejor de lo que había imaginado, y eso que había pensado en ello muchas veces a lo largo de los años. Cada vez que había pasado una época mala en su vida, había pensado en Brooke Hamilton y su recuerdo le había provocado una sonrisa, a la vez que lo había hecho sentir vacío.

Había hecho lo correcto entonces, pero ahora era diferente y Brooke parecía desear lo que había hecho. Sencillas y sin complicaciones, así le gustaban a Nick sus relaciones con las mujeres.

Dejó la botella, con la etiqueta de Carlino Wines mirando hacia él. Era uno de los constantes recuerdos de los sacrificios que tenía que hacer por el bien de la compañía. Quería irse, alejarse de allí cuanto antes. No quería que su padre acabara saliéndose con la suya. Ganaría la apuesta con sus hermanos y eso sería todo.

Cuando Brooke volvió a aparecer en la puerta, se estremeció al ver la expresión de sus impactantes ojos verde azulados. Le excitaba verla allí, iluminada por la luz de la luna, con su pelo rubio revuelto y uno de los tirantes de su camisón caído sobre el hombro.

–¿Cómo está Leah?

–Durmiendo como un angelito –dijo ella.

Nick se acercó a ella y la tomó de la mano.

–Vuelve a la cama.

Ella dudó unos instantes. Por sus ojos parecía angustiada.

–Esto no es un error, ¿verdad?

Nick le puso las manos sobre los hombros y la acarició suavemente hasta llegar a su cintura. Luego la abrazó con fuerza y Brooke cerró los ojos.

–A mí no me lo parece –dijo besándola suavemente en los labios–. ¿Y a ti?

Ella sacudió la cabeza y sus ojos lo embrujaron.

–No, es solo que yo…

–¿Que tú qué?

–Nada, Nick –dijo ella apartándose para ir a buscar las copas–. He estado una temporada sin beber vino. Este está delicioso.

Nick se preguntó a qué se debería su repentino cambio de humor, pero no quiso echar a perder la noche. Tenía una mujer preciosa en la habitación con la que estaba bebiendo vino y quería volver a tenerla en su cama. Todavía no había acabado con Brooke Hamilton.

Brooke tomó varios sorbos más de vino antes de dejar la copa en la mesilla. Nick se lo terminó de un trago y luego se sentó en la cama y le tomó la mano. Dándole un tirón la hizo sentarse en su regazo y ella lo rodeó con los brazos por el cuello.

–Quiero pasar toda la noche haciéndote el amor.

–Por eso estoy aquí –contestó ella.

Las preguntas de Nick se disiparon con la actitud de Brooke. Dejó de tratar de saber qué le pasaba y se concentró en disfrutar el hecho de que estuviera tan dispuesta. La hizo tumbarse en la cama y ella lo abrazo con tanta fuerza que al instante todo su cuerpo se puso tenso.

Esta vez le hizo el amor lentamente, disfrutando de cada centímetro de su cuerpo. Estaba gozando de ella como nunca antes lo había hecho con ninguna otra mujer. Era atrevida, sexy y divertida en la cama, y según avanzó la noche, hicieron el amor una y otra vez.

Cada vez fue diferente y mejor que la anterior. Hacía tiempo que Nick no tenía sexo de aquella manera. Era como si Brooke se hubiera estado muriendo de sed y no pudiera saciarse.

En algún momento de la noche, Brooke debía de haber salido de puntillas de la cama porque Nick se despertó y no estaba. La sensación de pérdida que sintió al ver que se había ido lo sorprendió. Habían compartido una noche increíble entre las sábanas y no le era extraño despertarse a solas después de estar con una mujer. De hecho, lo prefería.

Nick se duchó y se vistió. Salió al pasillo y llamó a la puerta de Brooke. Al ver que no contestaba, abrió y comprobó que madre e hija no estaban allí.

Bajó y las encontró en la cocina. Brooke estaba de pie junto a la encimera, dándole el desayuno a Leah. Brooke estaba tan concentrada en meterle la cuchara en la boca que no se dio cuenta de que había entrado. Se acercó a ella por detrás y la rodeó por la cintura.

—Buenos días.

Al darse la vuelta, Nick le plantó un beso en los labios.

—Buenos días —respondió y lo miró un segundo antes de girarse de nuevo hacia su hija.

Nick acarició la cabeza de la pequeña.

—Necesitas una trona. Encargaré una y pediré que la traigan hoy mismo.

Brooke dejó la cuchara y se quedó mirándolo.

—Nick, no lo hagas.

—¿Por qué no? Esa silla le queda pequeña.

—En primer lugar porque en mi casa tiene una trona y en segundo lugar porque en unas semanas nos iremos. Podemos arreglárnoslas hasta entonces.

—¿Te has levantado de la cama con el pie izquierdo?

—No —dijo y sonrió—. Me he levantado sintiéndome maravillosa.

—Más tarde me darás las gracias por ello —dijo tomando una taza para servirse café.

—Pensé que ya te había demostrado mi agradecimiento.

112

Nick sonrió y se alegró de que la Brooke atrevida estuviera de vuelta. Habían disfrutado mucho juntos y su recuerdo perduraría cuando se fuera.

–¿Qué vas a hacer esta noche?

–Cocinar para ti y meterme en la cama. Anoche no dormí demasiado. ¿Por qué?

Él se encogió de hombros.

–Han abierto una nueva pizzería y he oído que está bastante bien. Pensé que te gustaría probarla.

La expresión de sus ojos se suavizó y justo cuando creía que iba a acceder, dio media vuelta y sacudió la cabeza.

–Creo que no.

–Llevaremos a Leah.

–No es eso. Es que me parece que no es una buena idea.

–Tomar una pizza es siempre una buena idea.

Limpió la barbilla de su hija, luego el resto de la cara, y la bajó de la silla. Con Leah apoyada en la cadera, se giró. La preocupación que había visto en ella la noche anterior volvió a aparecer.

–Tengo muchas cosas que hacer ahora mismo, Nick. No puedo.

–¿Qué está pasando?

–Nada. Hemos dicho que no íbamos a complicar las cosas y eso es lo que necesito ahora.

De nuevo, Nick deseó que le contara por qué aquella extraña expresión en su cara.

–Es lo que hemos acordado. Soy un hombre de palabra.

–Tienes el desayuno en la lumbre –dijo ella y suspiró–. Hoy no tengo hambre.

–No prepares nada para esta noche. Traeré una pizza.

Ella se apartó de él y le sirvió un plato.

–De acuerdo. Si eso es lo que te apetece esta noche por mí está bien.

Nick pasó la mañana en las oficinas Carlino. Más de una vez pensó en Brooke y en la expresión de su cara. Se dijo que no debía preocuparse, que no debía implicarse demasiado.

Después de comer, Nick se presentó en el hotel de Brooke. No tenía ningún motivo para ir allí salvo que no podía dejar de pensar en ella. Salió del coche y lo primero que le llamó la atención fue lo cuidado que estaba el jardín delantero. También había césped nuevo junto al camino que llevaba a la puerta principal y flores a cada lado del porche. El exterior de la casa estaba pintado de amarillo y la mitad de las contraventanas en blanco.

Nick llamó a la puerta. Al ver que Brooke no contestaba volvió a llamar. La vio asomarse por la ventana y un segundo más tarde abrió. Tenía manchas de pintura azul en la nariz y la barbilla y de diversos colores por la camiseta y los vaqueros que llevaba. Al fondo, se oían los quejidos de Leah.

–¿Has dejado pintura para las paredes?

–Muy gracioso, Nick –dijo, abriendo al puerta de par en par para que pasara–. Adelante.

Mientras esperaba a que entrara, Nick se dio cuenta de que escudriñaba la calle antes de cerrar la puerta.

—Estoy pintando uno de los dormitorios y Leah no parece muy contenta con la idea —dijo mientras Nick cruzaba el recibidor hacia la escalera—. No quiero que inhale los químicos, así que está protestando por estar en el pasillo.

Cuando llegó al pasillo, el bebé sonrió desde su parque y le lanzó los brazos. Nick acarició los rizos de la pequeña.

—¿Qué estás haciendo aquí?

¿Era aquella la misma mujer que había sido tan dulce, sexy y cariñosa entre sus brazos? Parecía estar a punto de perder los nervios. Algo le pasaba y no quería contárselo. Por eso había ido allí. Estaba preocupado por ambas, pero no quería decírselo.

—Tengo una reunión con un cliente y se me ocurrió parar de camino para ver cómo ibas. El exterior está quedando muy bien.

—Gracias, aunque hoy voy muy despacio. Leah no está colaborando.

—Ahora está bien.

Podía mandarle un regimiento de pintores para que pintaran cada habitación como ella quisiera, pero no iba a sugerirlo. El presupuesto de Brooke solo alcanzaba para que los profesionales pintaran el exterior y ella se estaba ocupando del interior. Admiraba su esfuerzo y su orgullo.

—Se pondrá peor cuando te vayas.

—Entonces no me iré.

—Tienes mejores cosas que hacer.

—No se me ocurre nada mejor.

Brooke sacudió la cabeza y rio.

—Te tiene embaucado.

–Te ayudaré a pintar y nos turnaremos para cuidar de ella.

–Llevas ropa muy cara –dijo ella en tono burlón.

–Me quitaré la ropa. Lo que haga falta para que la señora esté contenta.

–Gracias, pero no.

–Hablo en serio, Brooke. Tengo la tarde libre.

Antes de que pudiera contestar nada, el teléfono de Brooke sonó. Nick miró hacia el alféizar de la ventana. Un timbre, dos, y Brooke no se movió para ir a contestarlo.

–¿Quieres que te lo pase? –preguntó él.

–¡No! –exclamó Brooke con el miedo dibujado en su rostro–. No voy a contestar.

Cuando el teléfono dejó de sonar, suspiró aliviada.

Nick dejo a Leah en su parque y se acercó a Brooke.

–¿Qué demonios está pasando? Pareces asustada.

Brooke cerró los ojos mientras él adivinaba por su expresión

–¿Vas a ayudarme a pintar esta habitación o qué?

–Sí, te ayudaré –dijo él enfadado.

Capítulo Ocho

Nick cumplió su palabra. La ayudó a pintar el dormitorio y se turnaron para ocuparse de Leah cada vez que protestaba.

A las seis de la tarde habían terminado la habitación. Ambos se echaron hacia atrás para admirar su trabajo.

–Ha quedado bien. En cuanto los muebles vuelvan a estar en su sitio, esta habitación se puede alquilar. Ya solo quedan tres.

–Pediré una pizza y en cuanto la pintura se seque, pondremos los muebles en su sitio.

Brooke fue a protestar, pero Nick se había dado la vuelta y estaba haciendo la llamada desde su teléfono móvil.

–¿Cuál te gusta?

–Vegetariana.

Nick pidió dos pizzas.

–Llegarán en treinta minutos –dijo él–. ¿Dónde puedo asearme? Necesito una ducha.

–¡Oh!

Aquello la pilló por sorpresa. Su cabeza se llenó de imágenes de Nick desnudo en la ducha. Hacer el amor con él había sido mejor de lo que había soñado.

Nick sonrió como si le estuviera leyendo el pensamiento y se acercó a ella.

–A ti también te vendría bien una.

Los hoyuelos de sus mejillas le despertaron pensamientos lascivos. Leah por fin se había dormido, después de no haber parado en todo el día. Sus siestas solían durar al menos una hora, así que Brooke no podía usarla como excusa. Aunque lo cierto era que tampoco necesitaba una.

Nick se acercó a ella y sus miradas se encontraron. Nick se manchó el dedo con la pintura de la brocha que tenía en la mano y se la pasó por el cuello.

–Vas a necesitas frotar mucho para quitarte toda esa pintura –dijo e inclinó la cabeza para besarla en los labios.

Brooke se estremeció y cerró los ojos. Todos los músculos de su cuerpo se contrajeron. No podía rechazar a Nick ni la promesa de placer que le estaba ofreciendo. Por unos minutos podía hacerle olvidar todos sus problemas.

Era simplemente sexo, se recordó. Tomó su mano y lo condujo al piso de arriba hasta la ducha.

–Es pequeña, así que vamos a tener que apretarnos.

Nick se quitó la sudadera y la arrojó al rincón. Luego, le quitó la camisa a Brooke, quedándose con un sencillo sujetador de algodón blanco.

Nick la tomó de la muñeca y la obligó a rodearlo por el cuello. Luego unió sus labios a los de ella en un beso ardiente, y tiró de ella hasta la ducha. Abrió el grifo y la acorraló contra la pared.

Era guapo y atractivo. Su cuerpo parecía el de un atleta y en aquel momento era suyo.

Continuaron besándose y acariciándose bajo la ducha. Brooke lo devoró con la misma intensidad que él a ella. Sus manos la recorrieron por todas partes, volviéndola completamente loca.

Nick tenía manos de experto y una boca hecha para el placer. La llevó al borde del éxtasis con apenas rozar sus pliegues más íntimos y luego se agachó para acariciarla con la boca. La hizo echar la cabeza hacia atrás cuando no pudo contenerse más y dejó escapar unos gemidos mientras su cuerpo se sacudía.

Ella se apoyó contra los azulejos.

—Me gusta esa mirada.

Nick volvió a besarla y su erección se extendió contra su vientre. Ella lo tomó entre las manos y sonrió al ver que cerraba los ojos.

—Qué malvada eres.

—Sí, así soy yo —dijo acariciándolo.

Nick la detuvo unos segundos más tarde.

—Déjalo ya —dijo levantándola y haciendo que lo rodeada por la cintura con las piernas.

La besó con pasión y luego se hundió en su cuerpo húmedo, sujetándola por la cintura para guiar sus movimientos. Ella se arqueó, permitiendo que se hundiera más.

—Brooke —murmuró.

Alcanzó el orgasmo poco después que ella....

Nick la hizo olvidar sus problemas durante un rato y le dio más placer que ningún otro hombre con los que había estado. Pero volvió a la realidad cuando el rostro enojado de Dan surgió en su cabeza. Fue como un jarro de agua fría.

–Será mejor que vaya a ver cómo está Leah –dijo bruscamente–. Y la pizza debe estar a punto de llegar.

Dejó a Nick allí de pie, desnudo y con cara de asombro.

–Le está saliendo su primer diente –le dijo Brooke a Molly aquella misma noche mientras hablaban por teléfono–. Con razón ha estado tan incómoda.

–Recuerdo esa etapa. Los mordedores suelen irles bien. ¿Tienes alguno?

Molly tenía un hijo de seis años y una hija de cuatro.

–Sí, y le gusta mucho. Ha estado mordiendo uno hasta que se ha quedado dormida.

–Por cierto, Brooke, ¿has sabido hoy algo de tu ex?

–Llamó, pero no contesté el teléfono. No me gustó el mensaje que dejó en el buzón de voz. No sé qué hacer. Está muy enfadado conmigo pero a la vez está siendo cortés. Creo que quiere una segunda oportunidad por el bien de Leah.

–¿Te dijo eso en el mensaje?

–Es la impresión que saqué.

–¿Y qué piensas? ¿Volverías con él?

–No, nunca. No estoy enamorada de él. Es el padre de Leah y es algo a lo que me tendré que enfrentar antes o después. Estoy muy asustada.

—Bueno, no estás sola. Aquí me tienes si me necesitas.

—Lo sé, Molly, gracias.

Pero era la imagen de Nick la que aparecía en su cabeza cada vez que sentía miedo. Cerró los ojos para apartarlo. No quería confiar en él. No quería sentir nada por él. Era un rompecorazones y sería una estúpida si se enamoraba de él. Aun así, sabía que si lo necesitaba, estaría ahí para ella. Por eso no podía hablarle de Dan. Tenía que ser fuerte e independiente. Nunca más volvería a confiar en un hombre.

Brooke colgó y se acercó a la cuna de Leah. El bebé dormía profundamente. En vez de cambiarse de ropa, Brooke tenía algo en la cabeza que se le había ocurrido.

Salió de su habitación dejando la puerta abierta por si Leah lloraba y recorrió el pasillo hasta la habitación de Nick. Llamó y esperó.

Él abrió la puerta mientras hablaba por teléfono y le hizo una señal para que pasara. Le pareció oír una voz femenina al otro lado del teléfono e inmediatamente apretó los labios. Una sensación de pánico la asaltó y trató de negarla.

Nick podía hacer lo que quisiera, no le debía ninguna explicación.

¿Estaba quedando con otra mujer?

—Hola. Estaba hablando con Rena —le dijo pensativo, después de colgar—. No podía dormir y necesitaba hablar.

—Así que eres su consejero —afirmó, sintiéndose aliviada de que estuviera hablando con su cuñada.

–Sí, me encanta escuchar quejas sobre mis hermanos.

–¿Se estaba quejando?

–Se estaba desahogando. Tony es muy protector. Dará a luz en una o dos semanas.

–Es un momento muy especial –dijo Brooke–. Recuerdo que cambiaba constantemente de humor.

Era irónico que hubiera surgido el tema porque precisamente por eso había ido a su habitación.

–Sí, eso le está pasando a Rena.

La miró, como si por fin fuera consciente de que estaba allí. Luego, arqueó una ceja y esperó.

De repente, Brooke sintió un nudo en la garganta. Había pensado que sería fácil, pero en aquel momento se había quedado sin palabras.

–Acerca de esta tarde…

–Es la mejor ducha que me he dado.

–Nick –dijo, aliviada de que lo hubiera mencionado–. No hemos usado protección.

Nick se quedó mirándola unos instantes antes de contestar.

–Estoy sano, Brooke.

–Sí, pero es más que…

–Si te preocupa quedarte embarazada, no temas. No puedo tener hijos.

Aquel comentario fue tan inesperado que Brooke se quedó con la boca abierta.

–¿No puedes?

–No, pero fue decisión mía.

–¿Qué quieres decir con que fue decisión tuya?

Nick la tomó de la mano, la llevó hasta la cama y la hizo sentarse a su lado.

—Hace cinco años mi padre me sacó de mis casillas como de costumbre. No era algo nuevo, pero me enfadé tanto con él que quise hacer algo para demostrarle que no podía seguir controlándome. Hice lo necesario en esa parte de mi anatomía para no poderle dar herederos.

—Vaya —dijo Brooke frunciendo el ceño—. De verdad querías…

—Quería hacerle daño. No estuvo bien, pero era un veinteañero arrogante y la rabia hacia mi padre me hizo hacer locuras.

—Oh, Nick, lo siento, debes de estar muy arrepentido.

—No lo estoy. Sabía que nunca sería un buen padre. Hablaba en serio cuando dije que me gustaría ser el tío favorito. Joe y Tony se ocuparán de proporcionar bebés a la familia.

Brooke sintió ganas de llorar por Nick.

—¿Qué hizo tu padre cuando se enteró?

—Nunca se lo conté. Mis hermanos trataron de convencerme para que no lo hiciera y no estaba seguro de que fuera lo correcto, pero me convencieron. Ahora que ha fallecido, me alegro de que no lo hiciera. Estoy en deuda con mis hermanos por eso.

—¿Qué te hizo para que lo odiaras tanto? ¿Fue violento contigo?

—No, nunca. Pero era despiadado cuando quería algo. Destrozó mi carrera.

Brooke recordaba que Nick le había dicho varias veces que no tenía todo lo que quería. Buscó en su memoria y recordó su única pasión, la cosa que más quería por encima de todo lo demás.

—¿El béisbol?

—Era tan solo un crío con un sueño —dijo con gran emoción en sus palabras, mientras apretaba su mano—. Se me daba bien, Brooke.

—Me acuerdo.

—Estaba a punto de fichar por un gran equipo, pero el viejo quería que sus hijos llevaran el negocio de los vinos. Quería que amáramos su legado tanto como él. No fue así. Fui su última oportunidad.

Nick continuó contándole los detalles de los incidentes que habían dado al traste con su carrera, las mentiras, la decepción y las manipulaciones. Luego le habló de Candy Rae y Brooke se puso tensa al conocer el papel que había jugado. Nick era tan solo un muchacho con toda la vida por delante. Debía de haber sido devastador para él enterarse de que su padre ignoraba sus deseos para manipularlo hacia una vida que no deseaba. Por fin Brooke entendió por qué Nick no quería tener nada que ver con la compañía. Eso significaba que había perdido.

—Entonces tuve aquel accidente durante un partido. Sé que mi padre no tuvo nada que ver, pero ejerció tanta presión en mí que acabé haciendo el ridículo en el campo. Me estaba recuperando de la operación cuando el equipo decidió prescindir de mí. Sé que mi padre tuvo algo que ver con eso.

Brooke había oído rumores sobre Santo Carlino cuando vivía en Napa de pequeña. Había sido un hombre de negocios poderoso y sin escrúpulos.

–Lo siento.

–No lo sientas. Te estoy contando esto para que te relajes por estar conmigo.

–¿Es esa la única razón, Nick?

–Hacía tiempo que no hablaba de esto, solo lo había hecho con mis hermanos. Supongo que me imaginado que me entenderías.

–Te entiendo –dijo Brooke y le acarició la mejilla–. Pero siento lo que has tenido que pasar. Lamento haber pensado que por tener dinero y ser guapo ibas a tenerlo todo.

–¿Te parezco guapo? –preguntó él, en un intento de calmar el ambiente.

–Sí. Siento haberte juzgado mal.

–Gracias –dijo él y besó la mano de Brooke.

Permanecieron sentados en la oscuridad, con las manos entrelazadas. El momento resultaba más íntimo que el sexo que habían compartido durante los últimos días. Era incapaz de justificar o explicar la lástima que sentía por él. Porque aquel era Nick y se estaba enamorando de él.

Su vida era un desastre y no encontraba solución a sus dilemas.

Dan quería conocer a su hija y empezar de nuevo, y Nick, el hombre al que amaba, quería marcharse de Napa. Un hombre volvía a su vida y otro salía para siempre.

Cuando le sonó el teléfono, Brooke no se sobresaltó. Había llegado el momento de poner en orden su vida. Al ver el número de Dan en la pantalla, respiró hondo antes de contestar.

—¿Hola?

—Soy Dan, cariño.

—Voy a estar en Napa unos días más. Quisiera ir a verte. Tenemos cosas de las que hablar. Todo funcionará. Sé que cometí un error dejándote.

—Sí, Dan. Pero eso ya se acabó.

—No tiene por qué. Quiero hablar contigo, Brooke. ¿Puedo ir a verte?

—Hoy no. Ven mañana por la tarde. Hablaremos.

Después de que Brooke colgara el teléfono, se dejó caer sobre una silla y puso la cabeza entre las manos. No podía enfrentarse judicialmente a Dan, pero haría lo necesario para quedarse con Leah. De ninguna manera iba a darle la custodia compartida. Como mucho, le dejaría verla de vez en cuando. Se mantendría en sus trece y no cedería.

—No te merece —susurró, conteniendo las lágrimas mientras observaba a su hija.

La única buena noticia que había tenido en toda la semana era que su madre iba a ir a verla en un mes. Le había prometido ayudarla con sus primeros huéspedes y, para entonces, el negocio estaría abierto. Con la ayuda de Joe, su página web estaría pronto en funcionamiento y se las había arreglado para conocer a los comerciantes de la zona y dar a conocer su establecimiento.

—Tengo que recordar que todo este trabajo se

verá recompensado algún día –le dijo a Leah, antes de sentarse frente a ella–. ¿Quieres jugar con mamá?

Sonaron unos golpes en la puerta que reconoció. Nick estaba en la entrada y el corazón empezó a latirle con fuerza. Estaba guapo con lo que se pusiera y en aquel momento llevaba un traje gris impecable.

–Hola –dijo con un brillo especial en sus ojos azules.

–¿Quién ha muerto?

–¿No te gusta mi aspecto para ir de viaje de negocios a San Francisco?

–Estás bien, Nick. Pero esta mañana no me contaste lo de tu viaje.

–Ha surgido de repente. Me quedaré allí a pasar la noche. He venido a darte una llave de mi casa por si acaso no está Carlotta cuando llegues.

Le invitó a pasar y fueron hasta el comedor.

–Hola, pequeña –dijo Nick al ver a la niña en la alfombra.

Ella lo miró y enseguida le lanzó los brazos.

–Le ha salido su primer diente. Hoy está de mejor humor.

Nick se quitó la chaqueta y se sentó en el suelo. Luego acarició la barbilla de la niña hasta que la hizo sonreír.

–Ya lo veo.

Besó la frente de la pequeña y Brooke sintió un nudo en el corazón. Se le rompía el corazón al pensar que nunca tendría un hijo suyo.

–Apartemos los muebles.

–¿Cómo?

–Te quedan tres habitaciones por pintar, ¿verdad?

–Sí, iba a empezar la siguiente durante la siesta de Leah.

Nick se puso de pie y tomó a Leah en brazos.

–Me llevará unos minutos.

–Estás impecablemente vestido.

–¿Vas a dejar de discutir conmigo? –dijo.

–Muy bien, de acuerdo –dijo–. Apartemos los muebles.

Media hora más tarde, después de colocar los muebles en el centro de las tres habitaciones, Nick miró el reloj.

–Será mejor que me ponga en marcha. La reunión es dentro de un par de horas.

Brooke lo acompañó abajo y le dio su chaqueta.

–Hasta mañana por la noche.

Ella asintió y lo miró a la boca.

–Como sigas mirándome así, no voy a irme de aquí nunca.

La tomó en sus brazos y la besó suavemente en los labios. El beso se hizo más intenso y cuando se separaron, ambos respiraban entrecortadamente.

–Haces que un hombre quiera pasar las noches en casa –susurró, antes de darse la vuelta y salir de la casa.

Brooke se quedó en el porche, observando cómo se subía al coche y tomaba el camino de salida. Luego entró en la casa y se apoyó en la puerta.

–Maldito seas, Nick. No me digas esas cosas.

Capítulo Nueve

—¿Cuántos años llevas enseñando inglés en el instituto? —le preguntó Brooke a Molly mientras tomaban té en la mesa del comedor.

Molly tenía a Leah en brazos y bebía manzanilla. Era evidente que su amiga sabía cómo tratar a los niños.

—Es mi quinto año en el instituto. Empecé a dar clases de historia e inglés al año de nacer Adam y todo va muy bien. Pasamos los veranos juntos y en temporada escolar llego a casa pronto. Mi marido trabaja varios días a la semana fuera de la casa, así que es una mamá a tiempo parcial.

—¿Eso le dices?

—Sí, John tiene un gran sentido del humor. Nos reímos mucho de eso.

—Es importante tener a alguien con quien reír. Dan nunca se reía. Es un misterio cómo acabamos juntos.

—Estás haciendo lo correcto al continuar con tu vida. No era bueno para ti.

—Lo sé. Llegará en un par de horas y no sé qué decirle.

—Limítate a escucharle —le dijo Molly—. Deja que te diga lo que piensa y no le des una respuesta.

Dile que tienes que pensarlo. No hay prisa. No tienes que precipitarte en tomar una decisión.

Molly la ayudaba a tranquilizarse. Le había dado buenos consejos y deseó haber mantenido el contacto en el pasado.

–Gracias, Molly. Haré eso. Es lo más sensato. Es una víbora y es difícil ser objetiva.

Brooke se levantó y preparó un plato con las pastas que había hecho esa misma mañana. Luego sacó un bol de fresas coronadas con crema y un bizcocho de arándanos.

Molly probó cada uno de los platos.

–Excelente. Las pastas están buenísimas. ¿Cuándo has tenido tiempo de preparar todo esto?

–Anoche y esta mañana. Nick se ha ido, así que he tenido tiempo libre.

–¿Nick? –dijo Molly sonriendo. ¿Qué hay entre vosotros?

–Tenemos un acuerdo –contestó–. Y no, no es lo que piensas.

–¿Así que no te estás acostando con él? Qué lástima. Recuerdo que en el instituto te gustaba y ahora estás viviendo bajo su techo.

Leah empezó a agitarse demasiado y Molly la dejó en el parque y le dio un juguete.

–Es solo temporalmente. En breve nos mudaremos y él se marchará a Montecarlo. Tiene una casa allí y está deseando dejar el país.

–Estás enamorada de él –dijo Molly mirándola con los ojos entornados.

–Tengo demasiados problemas ahora mismo.

–Eso no cambia las cosas.

—No —admitió Brooke, dejando la taza para confesar sus sentimientos—. No sé cómo ha ocurrido.

—Sé que es un tópico, pero el amor es ciego. No puedes hacer nada para evitar de quién te enamoras.

—Pero puedes usar la cabeza, ¿no?

—Creo que no. La lógica tiene poco que ver con los asuntos del corazón. Nick debe de ser algo más que un tipo atractivo y forrado para que te hayas enamorado de él. La chica que recuerdo necesitaba algo más que un caramelo.

Molly siempre había sido muy astuta y por eso se habían hecho amigas en el instituto.

—Nick siempre me ha mostrado una parte de él que rara vez muestra a los demás —dijo Brooke—. No dejo de repetirme que es ridículo e imposible, pero ahí está, abriéndose conmigo y siendo un encanto con Leah.

Los ojos se le llenaron de lágrimas mientras observaba a su bebé chuparse el dedo.

—Leah lo adora —continuó—. Pero las cosas no van a funcionar. Mi vida ahora mismo es demasiado complicada.

Brooke y Molly continuaron hablando media hora más. Antes de que su amiga se marchara le dio un abrazo reconfortante.

—Llámame a cualquier hora, Brooke.

—Lo haré.

Una hora más tarde, llamaron a la puerta y corrió antes de que el ruido despertara a Leah.

—Pasa —dijo nada más ver a Dan.

Estaba bien peinado e iba afeitado. Llevaba el

mismo tipo de ropa con el que solía vestirse para trabajar: pantalones caqui y polo marrón. Lo miró y no sintió más que menosprecio. Había habido un tiempo en el que lo había encontrado guapo.

–Vamos a sentarnos en la sala de estar.

Brooke se sentó en un sillón frente al sofá. Dan se sentó en el sofá y se quedó mirándola.

–Tienes buen aspecto, Brooke. Estás tan guapa como siempre.

–¿Cómo supiste que estábamos aquí?

Dan miró a su alrededor como si estuviera haciendo cálculos.

–Hay muchas antigüedades aquí. ¿Todas las habitaciones están amuebladas como esta? ¿Cuántos años tiene la casa?

–Es vieja –contestó ella, negándose a darle más información–. Por favor, contesta mi pregunta.

–Muy bien, Brooke. Llevo meses buscándote. Me he dado cuenta de que cometí un terrible error. Contraté un detective privado para encontrarte y la semana pasada me informó de que habías tenido un bebé y habías vuelto a Napa.

–¡Qué conmovedor! –dijo Brooke.

–Seamos civilizados. Tenemos una hija.

Brooke odiaba oír aquello. No le gustaba que Leah fuera de su sangre y que tuviera derecho a verla.

–Se llama Leah Marie y es una Hamilton.

–Es una Keating, Brooke, te guste o no. ¿Puedo verla?

Brooke sintió un nudo en el estómago.

–De acuerdo, pero por favor, no la despiertes.

Brooke se levantó y lo condujo hasta la habitación del piso inferior en el que había puesto una cuna. Permaneció unos minutos estudiándola mientras Brooke lo observaba. Algo extraño ocurrió. La expresión de Dan no se dulcificó. De hecho, no hubo ningún cambio. Quizá fuera porque era una extraña para él o porque ya había perdido un hijo, pero lo cierto era que Brooke había esperado ver algo más que un rostro pétreo mirando hacia la cuna.

Brooke carraspeó y Dan captó la indirecta y salió de la habitación.

–Recuerdo cuando me hablabas de este sitio –dijo él una vez de vuelta en la sala de estar. Ahora es todo tuyo. ¿Qué vas a hacer?

Brooke se sorprendió por la pregunta. ¿No quería Leah? ¿No quería saber dónde había nacido o cómo era?

–Voy a convertir la casa en un hotel. Tengo que hacer algo para ganarme la vida.

–¿Cuántas habitaciones tiene?

–Ocho y seis arriba que usaré para el personal.

–Siempre se te dieron bien las tareas del hogar.

–Es curioso, nunca antes me lo habías dicho.

Dan apretó las mandíbulas y apenas se escucharon las palabras que salieron de su boca.

–Siento haberte hecho daño.

No estaba segura de que fuera cierto.

–No es suficiente. El sentirlo no arregla nada. Me abandonaste.

–No sabía que ibas a tener un bebé. Deberías habérmelo dicho.

—No deberías haber dejado a otra mujer embarazada y dejarme como lo hiciste. Recogiste tus cosas y te fuiste el mismo día en que me enteré. Tardé meses en recuperarme. No te debo nada.

—Podemos volver a ser una familia.

—Es imposible.

—Todo es posible, Brooke. Danos una segunda oportunidad.

Leah soltó un grito y Brooke se excusó.

—Tengo que ir a buscarla. Seguramente tiene hambre y el pañal mojado.

—Iré contigo.

—No, quédate aquí. Volveré enseguida y la traeré.

Con piernas temblorosas, Brooke se fue de la sala de estar.

Nick llegó al porche de Brooke con un regalo para Leah en una mano y otro para Brooke en el bolsillo. Había regresado a Napa después de la reunión y había decidido parar en casa de Brooke antes de volver a su casa. Había pensado que quizá necesitara ayuda para volver a poner los muebles en su sitio, aunque lo cierto era que estaba ansioso por darles a sus chicas los regalos que les había comprado en San Francisco.

En el interior, oyó que Brooke estaba hablando con un hombre. Aquella voz masculina tenía un tono lúgubre que a Nick no le gustó. Entró sin llamar y se fue directamente a la sala de estar.

—Sé razonable, Brooke —dijo el hombre con

Leah en brazos, que no dejaba de llorar–. Todo irá bien si decides darnos una segunda oportunidad. Tengo derechos y no me gustaría tener que llevarte a juicio.

Brooke intentó tomar al bebé.

–Dámela, Dan.

–Tiene que conocer a su padre –dijo el hombre separándose de Brooke.

–No te conoce y está asustada –dijo Brooke.

Nick entró en la habitación. El ver a Leah en brazos de otro hombre y a Brooke tan alterada lo enfureció.

–Leah no es un títere. Devuélvesela.

Brooke y Dan se sorprendieron al verlo allí.

–¿Quién demonios es? –preguntó Dan, levantando aún más la voz y girándose hacia Brooke–. ¿Quién es y por qué está dando órdenes sobre mi hija?

–Es Nick Carlino. Es como un padre para Leah, el único que ha conocido. No ha podido tener más suerte.

Nick miró a Brooke y por su expresión supo que hablaba en serio.

–Pero su padre soy yo.

Leah se estaba poniendo roja de tanto llorar. Aquel estúpido era demasiado egoísta como para darse cuenta de que estaba fastidiando al bebé.

–Devuélvemela –dijo Brooke entre dientes.

–Lo haré en un momento.

Dan intentó calmar a la pequeña, pero fue inútil. Cada vez lloraba con más fuerza.

Nick dejó el regalo de Leah y se acercó a Dan,

sin poder contener su ira. La pequeña le lanzó los brazos y empezó a tranquilizarse. Nick tomó a la pequeña por la cintura.

–Suéltela.

El hombre miró a Brooke y suspiró antes de soltar a Leah. Nick acarició la cabeza de la pequeña antes de entregársela a su madre.

–No vuelva a venir por aquí a amenazarlas.

–Nick, puedo ocuparme de esto –intervino Brooke–. Dan estaba apunto de irse. Ya nos hemos dicho todo lo que teníamos que decirnos por el momento.

–No voy a darme por vencido, Brooke –dijo Dan–. Podemos hacer que esto funcione. Quiero que las dos forméis parte de mi vida.

–Ya te he dicho que eso no va a pasar –dijo Brooke y cerró los ojos–. Vete, Dan.

Dan miró a Leah y luego a Brooke.

–Esto no se ha acabado –dijo lanzando una mirada asesina a Nick antes de marcharse.

Después de que se fuera Brooke lloraba en el sofá.

Lo mejor que podía hacer era alejarse, pero Nick sabía que no podía hacerlo sin ayudar una vez más a Brooke. No podía irse sin estar seguro de que Brooke y Leah tenían la vida que merecían. Dan tenía derecho a ver a su hija como padre biológico de la niña, pero Nick no estaba dispuesto a ver cómo les hacía daño.

***

Más tarde aquella misma noche, Nick observaba a Brooke jugando en el suelo del salón con Leah y la caja de música que le había regalado a la pequeña.

–Le encanta, Nick.

Él se echó hacia delante en su asiento y apoyó los codos en las rodillas. Brooke parecía más calmada.

–¿La elegiste tú?

–Sí. La bailarina me recordó a Leah.

–Eres un sentimental.

–No se lo cuentes a nadie.

Brooke apartó la mirada unos segundos, antes de volver a mirarlo.

–Siento que hayas tenido que presenciar esa escena.

–Yo no. Confío en que no dejes que ese hombre vuelva a tu vida.

–No si puedo evitarlo –dijo Brooke cerrando la caja de música–. ¿Pero qué opción me queda si me lleva a los tribunales?

–No lo hará.

Nick tenía sus contactos y ya había encargado a alguien que se ocupara de hacer averiguaciones. Había memorizado la matrícula del coche de Dan y pronto tendría más información.

–¿Qué estás dispuesta a concederle en relación con Leah?

–No lo sé, Nick. Voy a pasar muchas noches en vela por culpa de esto.

–Él es la razón por la que acudiste a mí aquella primera noche. Estabas disgustada.

—Esa fue una de las razones —le confesó.

Nick arqueó las cejas.

—¿Una de las razones? —repitió—. ¿Hay más?

—Quizá seas irresistible.

Venga, Brooke, cuéntamelo.

—En parte fue porque Dan había contactado conmigo y estaba asustada, pero también porque por una vez en mi vida quería ser atrevida. Hacía mucho tiempo que había soñado con estar contigo y, bueno, estabas al otro lado del pasillo y me habías hecho una invitación. Sabía que ibas a marcharte y yo tenía mis propios planes. Supuse que no había ningún peligro.

—Quieres una relación sin ataduras y lo entiendo —dijo él—. He vivido así toda mi vida.

—Así de simple.

Solo que Brooke y Leah estaban complicando su vida últimamente.

Nick se puso de pie y se acercó a Brooke. Le ofreció la mano y la ayudó a levantarse. Luego la rodeó por la cintura y la besó suavemente.

—Es tarde y has tenido un día muy duro. Vámonos a la cama.

—¿Juntos? —preguntó ella.

—Te estaré esperando.

Nick la abrazaría toda la noche si era eso lo que quería. Nunca lo habría hecho con ninguna otra mujer salvo con Brooke.

Tomó en brazos a Leah y subió la escalera junto a Brooke. Antes de dársela a su madre, besó la mejilla de la pequeña.

Estaba a gusto, pero no había cambiado de opinión. Brooke sabía que en unas semanas se iría a Montecarlo. No quería ataduras con Napa y eso incluía a aquella atractiva mamá rubia con su encantadora hija.

Brooke consiguió que Leah se quedara dormida enseguida. Estaba agotada de todo lo que había llorado durante el día.

Llamó a la puerta de Nick y en cuanto abrió la abrazó y la cubrió de besos por la cara antes de unir sus labios.

—Creo que no voy a poder dejar a Leah. Pensé que sí, pero no puedo. Me va a costar dormir esta noche.

—Entonces iré a tu habitación. Echo de menos mi cama.

—No tengo ganas de…

—Simplemente dormiremos, pero no se lo cuentes a nadie o echarás a perder mi reputación.

Brooke se dio la vuelta para volver a su habitación, pero Nick la tomó de la mano.

—Espera un momento —dijo y sacó una pequeña caja de terciopelo del cajón superior—. Cuando lo vi, pensé que te gustaría. Toma, esto es para ti.

Brooke sujetó la caja con manos temblorosas y la abrió lentamente.

—Oh, Nick, es precioso —dijo acariciando la piedra preciosa de color azul verdoso rodeada de diamantes que colgaba de una cadena de plata.

—Es turmalina. Esta piedra es del color de tus ojos.

–No sé qué decir, excepto gracias. ¿Por qué?

Nick se encogió de hombros.

–¿Por qué no? Cuando vi el collar me recordó a ti y quise que lo tuvieras.

–Es demasiado generoso, Nick. Ya has hecho mucho por mí. ¿Cómo aceptarlo?

Nick le dio un beso apasionado, saboreando su boca.

–Dime que te gusta.

Ella sacudió la cabeza, dispuesta a rechazar el regalo a pesar de su beso.

–Eres imposible.

–Eso ya lo había oído antes.

–Me encanta –dijo ella poniéndose de puntillas para besarlo–. Pero no deberías haberlo hecho.

–Hago muchas cosas que no debería, pero hacerte este regalo no es una de ellas.

Nick apagó la luz y la tomó de la mano para llevarla al dormitorio principal. Se metieron bajo las sábanas y él la rodeó con sus brazos hasta que se quedó dormida.

Brooke se despertó temprano y de mejor humor. Había descansado bien después de todo, acurrucada junto a Nick. Sonrió al comprobar la postura en la que estaban. Nick estaba boca arriba, con las piernas separadas y ella boca abajo con el muslo sobre el de él, sintiendo su erección en la cadera.

–Ya era hora de que te despertaras –dijo él, acariciándole la espalda.

Nick la hizo tumbarse de espaldas y la besó hasta que le ardieron los labios. Luego le hizo el amor con caricias lentas y dulces palabras. Era un experto haciendo que una mujer se sintiera guapa y deseada.

Brooke le devolvió las caricias, como venganza del placer que le había dado. Recorrió su pecho musculoso y lo besó en los pezones hasta que un gemido escapó de su garganta. Ella sonrió y lo besó. Después le acarició los labios con el dedo índice y se lo metió en la boca. Nick le chupó el dedo y la tensión fue en aumento. Una sensación ardiente la consumía y cuando Nick la hizo colocarse encima, se dejaron llevar por los instintos.

La ayudó a quitarse la camiseta y ella le despojó de los calzoncillos. Desnuda y llevada por la lujuria, Brooke tomó su pene entre las manos y deslizó su palma arriba y abajo de su piel sedosa. Luego lo tomó con la boca, amándolo con una pasión desenfrenada. Cuando estuvo al límite, Brooke se incorporó. Luego se sentó a horcajadas sobre él y se hundió en él. Era una sensación tan placentera que deseó llorar. Nick observó cómo lo cabalgaba mientras le acariciaba los pechos hasta ponerle los pezones duros. Lo deseaba y amaba como a ningún otro hombre.

Su orgasmo llegó antes que el de él. Su cuerpo se convulsionó y finalmente se entregó al intenso placer de estar con Nick.

Él la observó satisfecho y cuando las sacudidas terminaron, la hizo bajarse y acomodó su peso sobre ella. Luego volvió a penetrarla y sus embestidas se volvieron rápidas, alcanzando el orgasmo poco después que ella. Después, permanecieron abrazados.

Brooke estaba contenta, a la vez que angustiada. Sabía que aquello no duraría.

Cuando Leah se despertó, Brooke fue a buscarla.

—Espera —dijo Nick agarrándola por el brazo—. Iré a buscarla.

—Hay que cambiarla. Ha dormido toda la noche con el mismo pañal.

Nick se quedó pensativo. Luego le dio un beso, se puso los calzoncillos y se levantó de la cama.

—Yo me ocuparé. Relájate.

Brooke permaneció tumbada y sonrió al oír a Nick cambiando el pañal. Después de un rato, Nick llevó a Leah.

—Aquí está.

Colocó a Leah entre ambos y Brooke inspeccionó su trabajo.

Además de estar enamorada de Nick, le gustaba el hombre en que se había convertido.

En el fondo de su corazón, sabía que aquello no era una buena idea. Nick no le había hecho ninguna promesa. Había sido sincero con ella. Al fin y al cabo, era ella la que no quería que las cosas se complicaran.

Lo que había conseguido era mucho más.

Tenía miedo de que Leah se encariñase demasiado con Nick pero ella era un caso perdido ya.

Capítulo Diez

Tres días más tarde, Nick se presentó inesperadamente en el hotel, justo cuando Brooke acababa de limpiar el polvo en toda la casa. Llevaba el pelo recogido en una coleta y un delantal.

–Hola –dijo al verlo en la puerta–. No me dijiste que ibas a venir.

–Tengo noticias –dijo y se dirigió a la cocina, seguido de Brooke–. Siéntate.

–¿Qué pasa? –preguntó Brooke.

Él se sentó junto a ella.

–He hecho investigar a tu ex. No me preguntes cómo ni por qué. Ya está hecho.

Brooke se pasó la mano por la cara. Estaba algo más que sorprendida.

–Muy bien, pero no entiendo.

–Está en bancarrota. Al parecer su novia le ha desplumado y necesita dinero desesperadamente. Hacía meses que sabía que habías tenido una hija.

–¿Qué estás diciendo?

–Se enteró al poco de nacer Leah. No fue en tu busca hasta que se enteró de que habías heredado esta casa. La casa está valorada en setecientos cincuenta mil dólares. Supongo que se imaginará que también heredaste un montón de dinero.

–Ese bastardo… –dijo cerrando los ojos unos instantes–. Así que iba tras mi dinero, ¿no? –preguntó y Nick asintió–. Es difícil creer que estuve enamorada de él. Es una muestra de lo mala psicóloga que soy.

–No te castigues. Te mostró el lado que quería que vieras de él.

–Es el padre de Leah y se merece algo mejor.

–No se quedará mucho tiempo.

–¿Qué has hecho? ¿No lo habrás hecho desaparecer, verdad?

Nick sonrió y se rascó la nuca.

–No, tuve una pequeña charla con él. Serás tú la que decida cuándo y dónde verá a Leah.

–¿Cómo has conseguido que acepte? ¿No le habrás dado dinero, verdad?

Nick se mantuvo inexpresivo.

–Lo único que importa es que ya no os molestará.

–Sí importa. ¿En cuánto valora a mi hija? ¿Cómo ha podido poner un precio?

Nick se puso de pie y la tomó por los hombros.

–No importa, Brooke. Nunca ha formado parte de la vida de Leah. Puedes continuar con tu vida y olvidarlo, ¿lo harás?

Brooke se quedó mirándolo, preguntándose si podría seguir aquel consejo respecto a él. No se le daba bien juzgar a la gente. Se había enamorado de un hombre que no deseaba tener una familia y que estaba a punto de irse a vivir al otro extremo del mundo. ¿Acaso le estaba diciendo que se olvidara también de él?

El teléfono de Nick sonó y se disculpó para contestarlo. Brooke aprovechó para ver cómo estaba Leah, y luego se lavó la cara y se peinó, antes de quitarse el delantal.

–Era Tony. Rena ha tenido el bebé. Van a llamarlo David Anthony Carlino.

–Es maravilloso. ¿Cómo está Rena?

–Según mi hermano, bien. Voy a ir a verlos. ¿Quieres venir?

–No, no, ve tú. Dile a Rena que ya iré a verla. Quiero conocer al bebé, pero este momento es familiar.

La idea de ver a Rena, Tony y su nuevo bebé, un niño que no era biológicamente suyo, pero al que quería como tal, le tocaba la fibra sensible. Había deseado que eso le ocurriera, peor no iba a ser. Y después de lo que acababa de enterarse sobre Dan, no estaba preparada para presenciar la felicidad de aquella familia.

–No le importará que vengas conmigo.

–No, Nick –dijo con determinación–. No voy a ir contigo. No soy parte de tu familia.

«Y nunca lo seré».

Aquella noche cuando Brooke llegó a la casa de los Carlino, se encontró la maleta de Nick junto a la puerta.

–Hola –dijo Nick dándole la bienvenida al verla entrar–. Deberías haber visto a ese bebé. Te estaba esperando para celebrar algo –añadió levantando las dos copas de champán que tenía en las manos.

–No puedo ahora mismo. Leah no se encuentra bien. Tiene fiebre y mocos. Voy a meterla en la cuna.

Leah estaba casi dormida en el hombro de Brooke.

–Subiré contigo –dijo dejando las copas, dispuesto a ayudarla.

–No, está bien. ¿Vas a alguna parte?

–Tengo que ocuparme de un problema en la casa de Montecarlo. Me voy esta noche y volveré dentro de tres días.

Brooke se detuvo junto a la escalera y vio la oportunidad de decir las palabras que había ensayado.

–Nick, creo que este es un buen momento para decirte que Leah y yo nos vamos. Mi casa ya está lista. No me queda mucho por hacer para abrir el hotel. Nos iremos antes de que vuelvas.

Nick frunció el ceño.

–¿Te vas?

Desde el principio, ese había sido el acuerdo, pero le partía el corazón verlo tan confuso. A Nick Carlino las mujeres no le abandonaban.

–Ha llegado el momento de que me vaya. Quiero darte las gracias por todo. No sé qué habría hecho sin tu ayuda estas semanas. Prometo que encontraré la manera de compensarte. Todavía estoy sorprendida de cómo te ocupaste de Dan. No sé qué decir de eso.

–Maldita sea, Brooke, no me debes nada. No tienes por qué irte.

–Sí, Nick, ese era el acuerdo.

—Lo sé —dijo y la ira oscureció su mirada.

—He aprendido algo desde que volví a Napa. No puedes pensar siempre en el pasado. Tienes que seguir adelante y concentrarte en el futuro. Me has ayudado a verlo así. Piensa que tu casa volverá a la normalidad. No habrá más juguetes con los que tropezar.

—¿Es por lo que ese imbécil te ha hecho, verdad?

Brooke sonrió con tristeza y sacudió la cabeza. No sabía cómo explicarle que su marcha no tenía nada que ver con Dan sino con protegerse de él, un hombre cuyo estilo de vida no incluía tener una familia.

—Me has dado mucho y quiero devolverte el favor de la única manera que sé. Mi amiga Molly me ha dicho que el instituto necesita un entrenador de béisbol para los chicos. Deberías considerarlo.

Nick la miraba como si se hubiera vuelto loca. Decirle adiós era una de las cosas más duras que había tenido que hacer. Deseaba arrojarse en sus brazos, pero se armó de coraje y se contuvo.

—Tengo que subir. A Leah y a mí nos espera un día duro mañana. Adiós, Nick.

Nick se quedó en silencio. Sintió su mirada en ella mientras subía la escalera hasta la habitación en la que dormiría una última vez. Al llegar arriba, lo oyó tomar la maleta y abrir la puerta.

Unas lágrimas rodaron por sus mejillas mientras llevaba a su pequeña a la cama.

Brooke solo podía culparse a sí misma.

No había podido evitar enamorarse de él otra

vez, a pesar de que era consciente de a qué se exponía.

Esta vez era peor. Nunca olvidaría a Nick Carlino en toda su vida.

Nick estaba sentado en la terraza de su casa de Montecarlo bebiendo vino y mirando las aguas azules del Mediterráneo. Allí tenía todo lo que quería: un vista magnífica al mar, doce habitaciones con todas las comodidades y el encanto del viejo continente, además de amigos con los que pasarlo bien y un casino a escasos minutos de allí.

La noche anterior había salido con amigos y algunas mujeres se habían interesado en él. Pero a pesar de sus atrevidos atuendos, no había podido dejar de pensar en Brooke. Estaba convencido de que se le pasaría. Nick quería llevar una vida tranquila y había decidido quedarse allí unos días más.

El problema por el que le había llamado el constructor ya había sido resuelto y los cambios que había pedido estaban casi terminados. Estaba a pocas semanas de ganar la apuesta a sus hermanos y todo parecía indicar que iba a ser así. No tendría que seguir ocupándose de los negocios de su padre y podría hacer lo que quisiera.

Pero entre aquellos pensamientos, surgían las palabras de Brooke: «No puedes pensar siempre en el pasado. Tienes que seguir adelante y concentrarte en el futuro».

¿La había ayudado a entender eso? Una sonrisa se le dibujó en el rostro. Si así era, estaba contento.

No podía negar que quería verla feliz. Siempre había sido especial para él y siempre lo había hecho reír con sus comentarios.

Durante los siguientes días, Nick rechazó invitaciones a fiestas y se dedicó a pasear por la playa, a participar en los trabajos de reforma y a ver deportes en la televisión.

El jueves después de cenar llamó a Rena y a Tony. El bebé tenía casi una semana y Nick quería saber cómo estaban.

–Hola, soy Nick y quería saber si sigo siendo el tío favorito.

–Por supuesto –dijo Rena–, pero no le digas a Joe que te lo he dicho. Al menos, él no se encuentra a miles de kilómetros de la familia ni nos ha abandonado.

–Dentro de unos días volveré. ¿Qué tal está el pequeño?

–Muy bien. Come y crece como un Carlino. Nunca pensé que dar el pecho pudiera requerir tanto esfuerzo.

Nick rio y la imagen de Brooke dándole el pecho a Leah se le vino a la cabeza.

–Estoy seguro de que puedes pedirle consejo a Brooke. A ella parece dársele bien.

–¿Brooke? Esa mujer está muy ocupada ahora mismo.

–¿Qué quieres decir?

–¿No te has enterado?

–No he hablado con ella. No tenemos esa clase de relación –dijo Nick.

–El bebé está en el hospital.

—¿Cómo? ¿El bebé está en el hospital?

—Sí, tuvo una convulsión febril.

—¿Una convulsión? Pero si es una niña muy sana.

—Estaba enferma y la fiebre le subió muy deprisa. Dicen que les pasa a algunos niños. Como es tan pequeña, le están haciendo pruebas para asegurarse de que no es nada serio.

—Espero que así sea. ¿Cómo está Brooke?

—Es muy valiente. Ali fue a verla al hospital cuando se enteró. Dice que Brooke está siendo fuerte. Claro que no le queda otra opción. Todo su mundo gira en torno al bebé. Deberías llamarla, Nick. Aunque no lo dice, sé que te echa de menos.

—No estoy tan seguro.

No sabía qué decirle. La había dejado como todos los hombres con los que había estado. La había fallado y lo había hecho sin darse cuenta. No debía haberse relacionado con alguien como Brooke. No lo necesitaba en su vida. Ella necesitaba estabilidad, alguien que estuviera a su lado para lo bueno y para lo malo, y que la quisiera a ella tanto como a su hija.

«Es como un padre para Leah, el único que ha conocido. No ha podido tener más suerte».

¿Lo habría dicho en serio? ¿Habría visto en él algo que él mismo desconocía?

Nick colgó el teléfono y empezó a dar vueltas por el salón. Tenía que admitir que había decidido quedarse más tiempo en Montecarlo para estar lejos de Brooke. Seguramente ya se habría mudado de su casa. Podía regresar y continuar con su vida de soltero. No le gustaba lo que sentía por ella. La echaba de menos, pero no podía sucumbir a aquellos sentimientos. Unos cuantos días más y conseguiría quitársela de la cabeza.

—Espera, Nick —se dijo—. No pierdas la cabeza porque la niña se haya puesto enferma. Brooke es una superviviente. Estará bien.

Y para demostrarse que estaba mejor sin ella, esa noche salió. Jugó al casino en Mónaco y luego cenó con una mujer a la que había conocido en la mesa de la ruleta. Era guapa y se mostraba receptiva, pero en cuanto pudo, puso una excusa y pasó la noche solo en su cama.

Cuando se despertó se sintió mal. Era como si le hubieran dado un martillazo en la cabeza. No había podido descansar por culpa de dos rubias de ojos azules.

Brooke sacó a Leah de su asiento del coche y la miró con orgullo.

—Estás muy guapa —dijo y la pequeña se lo agradeció con una sonrisa—. Vamos a conocer a un nuevo amigo, David Anthony —añadió dirigiéndose a la entrada de la casa.

Se había puesto un vestido blanco y rojo, y estaba contenta de salir con Leah. Desde que se habían mudado a vivir en el hotel, se había sentido sola y aislada, viviendo solas las dos en aquella enorme casa.

Se había llevado un gran susto con la convulsión febril de Leah. Había tenido que llamar a una ambulancia para que la llevara al hospital. El médico le había explicado que era algo frecuente en niños y que no suponía riesgo alguno para la vida. Leah se había quedado ingresada para hacerle unas pruebas y al salir del hospital, Brooke no había podido evitar venirse abajo y llorar. Tres días después, Leah volvía a ser una niña feliz y ambas estaban deseando pasar un rato con Rena y el bebé.

Llamó a la puerta y unos segundos más tarde apareció Rena.

–Hola, Rena. Leah y yo estamos deseando conocer al bebé.

–Me alegro de que hayáis aceptado la invitación –dijo Rena sonriendo y acarició la cabeza de Leah–. Tiene buen aspecto, Brooke. ¿Todo bien?

–Sí, está perfectamente. Gracias por tu apoyo y amistad, significa mucho para mí.

–Pasad, por favor –dijo Rena abriendo de par en par la puerta.

Brooke entró y siguió a Rena hasta el salón.

–Quiero que sepas que esto no ha sido idea mía. Creo que hay mejores maneras de hacerlo.

Sorprendida, siguió la dirección en la que Rena estaba mirando y vio a Tony, Joe y Ali en la habitación.

–No sabía que ibas a estar con tu familia.

Tony se acercó para saludarla.

–Conoce al pequeño David Anthony.

–Es precioso. Tenéis que estar muy contentos –dijo Brooke olvidándose de todo al ver al pequeño.

–Estamos encantados –dijo Rena rodeando a Tony con el brazo.

Después de hacerle algunas caricias al pequeño David, Brooke se giró para saludar a Ali y Joe. Le preguntaron por la salud de Leah y la hicieron sentirse bienvenida. Luego, se quedaron en silencio y Brooke se preguntó qué estaría pasando.

–Lo siento, Brooke –dijo Ali por fin.

–No sabíamos nada de la apuesta –añadió Rena uniendo fuerzas con Ali.

–¿Qué apuesta? ¿Qué está pasando? –preguntó Brooke mirándolas.

Nick apareció, sorprendiéndola, y la miró de arriba abajo con ojos de deseo. Luego se giró a Leah y su mirada se enterneció. Estaba muy guapo y se le veía muy confiado por algo. Solo de verlo, se le encogió el corazón. Le había dolido que no la llamara para preguntarle por Leah.

–Hola, Brooke.

Ella no pudo evitar disimular su malestar y frunció los labios.

–Contádselo –dijo Nick mirando a sus hermanos.

–¿Estás seguro? –preguntó Joe.

–Quiero que sepa la verdad, toda la verdad.

Tony le dio el bebé a Rena.

–Estábamos de tu parte, Brooke –dijo Tony poniéndose a la defensiva.

–¿Qué está pasando?

En cuanto Leah vio a Nick, le lanzó los brazos y Brooke no pudo hacer nada para contener su excitación.

–Deja que la tome en brazos.

En cuanto Nick la tuvo en brazos, la pequeña se aferró a su cuello. Él le dio un beso.

–Gracias a Dios que estás bien –dijo acariciándole la cabeza.

–Contadle la verdad –ordenó Nick a sus hermanos.

–¿Por qué no me lo cuentas tú? –dijo Brooke–. Teniendo en cuenta que todo esto lo has organizado tú, cuéntame lo que tengas que contarme.

–Os dejaremos a solas –dijo Joe tomando de la mano a Ali para marcharse.

–Buena idea –dijo Tony–. Vayamos a dar un paseo con el bebé.

Una vez a solas, Nick se giró hacia Brooke.

–Muy bien, te contaré la verdad. Cuando viniste a vivir conmigo después del accidente, mis hermanos estaban seguros de que pasaría algo entre nosotros. Les dije lo mismo que a ti, que no me gustaban las relaciones duraderas y que no me veía como padre. Estaba muy seguro de ello –dijo y volvió a acariciar la cabeza de la pequeña–. Aposté con ellos mi parte de la compañía a que no me enamoraría de ti. Si no lo hacía, saldría de Carlino Wines. No tendría que dirigir la compañía ni quedarme en Napa. Todo quedaría entre Joe y Tony.

Brooke se quedó boquiabierta y sin palabras. Nick continuó.

–Ya te dije lo poco que me gustaba estar aquí y cuánto deseaba vengarme de mi padre. No quería nada suyo y no podía ver más allá de mi ira. Pero has hecho que viera las cosas de manera diferente,

Brooke. Me has hecho darme cuenta de que no debía permanecer estancado en el pasado. Eso es lo que he estado haciendo, vivir en el pasado y huir.

Brooke recuperó la compostura y por fin pudo hablar.

–¿Apostaste que no te enamorarías de mí?

–No buscaba una relación duradera, Brooke. Perdí la apuesta. Soy el nuevo presidente de Carlino Wines. Joe y Tony también van a permanecer en la compañía. Somos hermanos y vamos a ayudarnos unos a otros. Gracias a ti estoy superando el pasado para poder enfrentarme al futuro. Incluso he llamado a ese instituto. Parece que voy a ser el nuevo entrenador de los Victors.

–Nick, eso es maravilloso.

–Has hecho que todo sea posible, Brooke. Me has ayudado a darme cuenta de que estaba malgastando mi vida. Estoy muy contento de haber perdido esta apuesta. Estoy loco por ti y por Leah. Sois lo único que me importa. No quiero perderos y si eso supone que tenga que quedarme a vivir en Napa y dirigir la compañía, estoy dispuesto a hacerlo porque te quiero. Quiero que nos casemos y que formemos una familia, aunque nunca pensé que fuera a querer algo así.

–¿Y ahora sí lo quieres?

–He tomado el cargo de presidente para demostrártelo –dijo y bajó la voz–. Con tu ayuda, creo que puedo ser un buen padre para Leah.

No podía seguir enfadada con él por aquella estúpida apuesta. Siempre había sido sincero con ella. Oírle decir que la amaba y que quería convertirse en el padre de Leah la hizo derretirse. Apenas podía articular palabra.

–No necesitas mi ayuda para ser un buen padre. Leah esta loca por ti.

–¿Qué me dices de ti, Brooke? ¿Qué sientes por mí? ¿Todavía quieres una relación sin complicaciones?

Ella sonrió y el corazón se le llenó de alegría.

–Nick, mi vida se complicó desde el día en que me fijé en ti en el instituto. Te quise entonces y te quiero ahora.

–Entonces, ¿te casarás conmigo?

–No es justo que me lo preguntes con Leah en brazos –dijo y suspiró feliz–. Sí, quiero casarme contigo.

Nick se acercó a ella y los tres se fundieron en un abrazo.

–Te he echado de menos, Brooke, os he echado de menos a las dos. La noche del accidente te prometí que cuidaría de Leah. Quiero hacer eso y compartir mi vida contigo. Quiero que los tres formemos una familia.

–Oh, Nick. Eso es lo que siempre he querido.

Brooke tendría la familia que siempre había deseado. ¿Qué más podía pedir?

Acepte 2 de nuestras mejores novelas de amor GRATIS

¡Y reciba un regalo sorpresa!

Oferta especial de tiempo limitado

Rellene el cupón y envíelo a
Harlequin Reader Service®
3010 Walden Ave.
P.O. Box 1867
Buffalo, N.Y. 14240-1867

¡Sí! Por favor, envíenme 2 novelas de amor de Harlequin (1 Bianca® y 1 Deseo®) gratis, más el regalo sorpresa. Luego remítanme 4 novelas nuevas todos los meses, las cuales recibiré mucho antes de que aparezcan en librerías, y factúrenme al bajo precio de $3,24 cada una, más $0,25 por envío e impuesto de ventas, si corresponde*. Este es el precio total, y es un ahorro de casi el 20% sobre el precio de portada. !Una oferta excelente! Entiendo que el hecho de aceptar estos libros y el regalo no me obliga en forma alguna a la compra de libros adicionales. Y también que puedo devolver cualquier envío y cancelar en cualquier momento. Aún si decido no comprar ningún otro libro de Harlequin, los 2 libros gratis y el regalo sorpresa son míos para siempre.

416 LBN DU7N

Nombre y apellido	(Por favor, letra de molde)	

Dirección	Apartamento No.	

Ciudad	Estado	Zona postal

Esta oferta se limita a un pedido por hogar y no está disponible para los subscriptores actuales de Deseo® y Bianca®.
*Los términos y precios quedan sujetos a cambios sin aviso previo.
Impuestos de ventas aplican en N.Y.

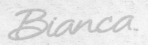

Estaba decidido a hacerle pagar por lo que él creía que le había robado

Erin Turner y Cristophe Donakis incendiaban las sábanas cada vez que estaban juntos, pero Erin vio cómo sus esperanzas de casarse con él se iban al traste cuando Cristophe la abandonó sin ceremonias y la puso de patitas en la fría calle de Londres.

Años después, el mundo de Erin se volvió a poner patas arriba cuando conoció a su último cliente. Le bastó con percibir su olor para saber que era él...

Trampa desvelada

Lynne Graham

Personal y profesional
KATE HARDY

Daba igual lo preciosos que fueran sus labios o lo seductoras
que fueran sus piernas, el magnate Jordan Smith no quería saber nada de su antigua amante,
Alexandra Bennett. Pero Alex
era su nueva empleada.
La química que había entre ellos
era innegable y trabajar hasta
tan tarde los volvió locos de deseo. Cada día era más difícil resistirse a la tentación, pero la
historia que había tras ellos era
muy dolorosa. ¿Podrían olvidar
lo que había ocurrido hacía diez
años y hacer las paces para
siempre?

*¿Serían capaces de dedicarse
exclusivamente al trabajo?*

¡YA EN TU PUNTO DE VENTA!

ISBN-13:978-0-373-51495-5

Valle de Pasión

Reencuentro inesperado

CHARLENE SANDS

Un accidente en la carretera unió algo más que sus coches. Inesperadamente, el empresario Nick Carlino se encontró cara a cara con una mujer que había formado parte de su pasado, Brooke Hamilton, y con su bebé de cinco meses. A pesar de que llevaban años sin verse, Nick le ofreció su hospitalidad a Brooke y a su hija tras el accidente; era lo más cortés mientras se recuperaban.

Pero tener a Brooke bajo el mismo techo le despertó recuerdos que habría preferido dejar olvidados, y pasiones que debía controlar. El legado de los viñedos Carlino pendía de un hilo…

¿Reprimiría la pasión que sentía?

919

HARLEQUIN
DESEO™

$4.99 U.S.

PRINTED IN SPAIN

ISBN-13: 978-0-373-51491-5

50499

73 514915

EAN

T3-BAS-789